宋詞中的旅遊（上）

李金早 主編

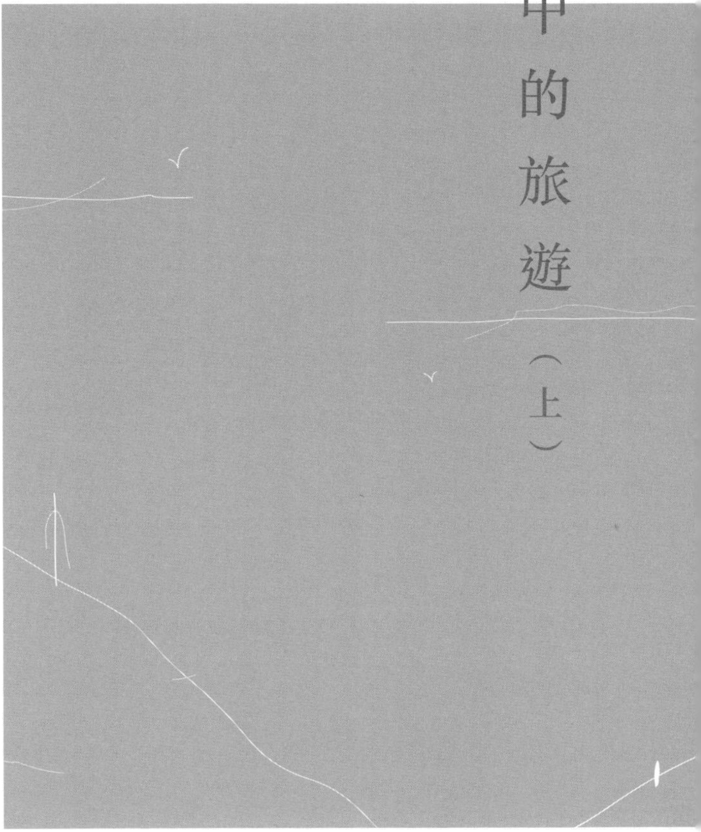

詩詞中的旅遊 系列

中華教育

第一章

彩舟雲淡，星河鷺起，畫圖難足

第二章

玉關萬里知何許

第三章

渺渺楚天闊，秋水去無窮

第四章

天涯也有江南信，梅破知春近

第五章

水光山色與人親，說不盡、無窮好

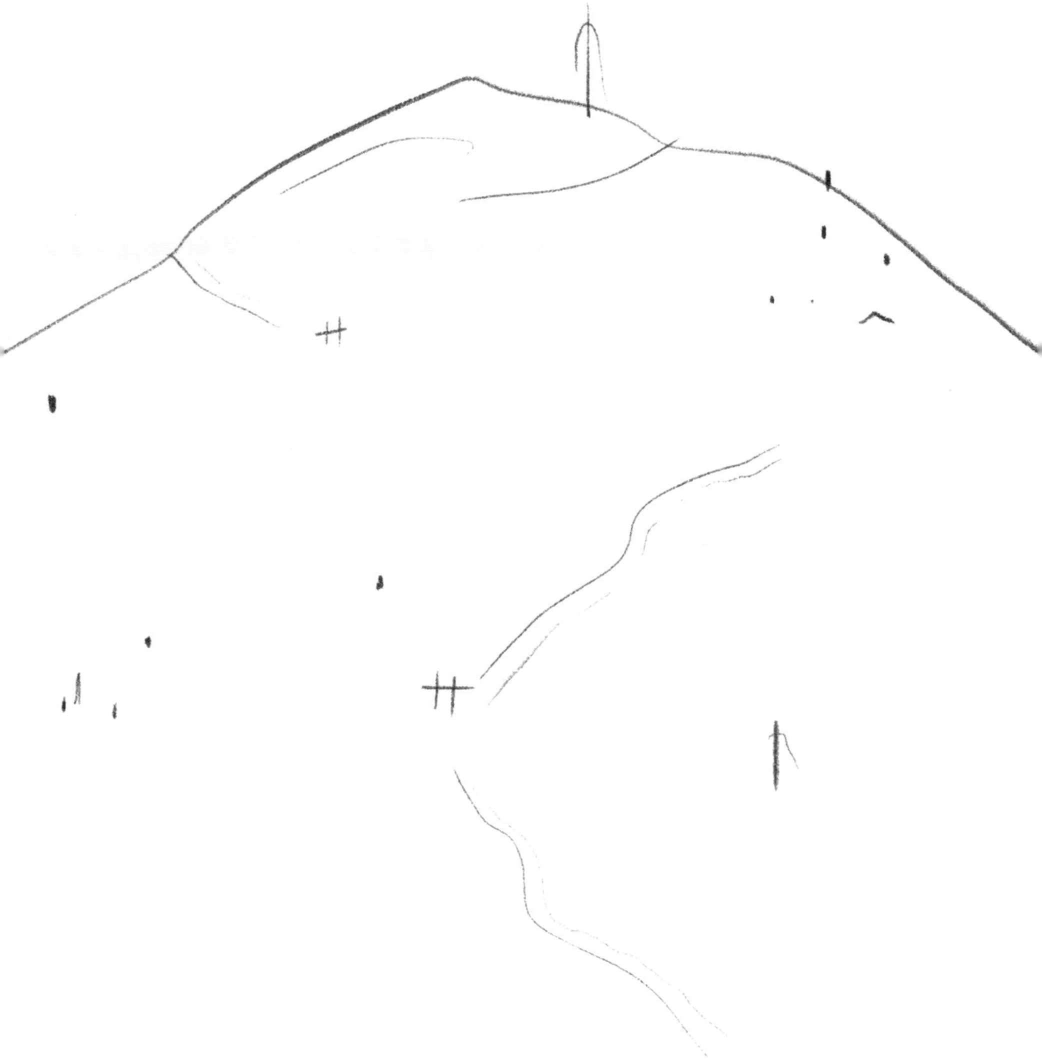

第一章

彩舟雲淡，星河鷺起，畫圖難足

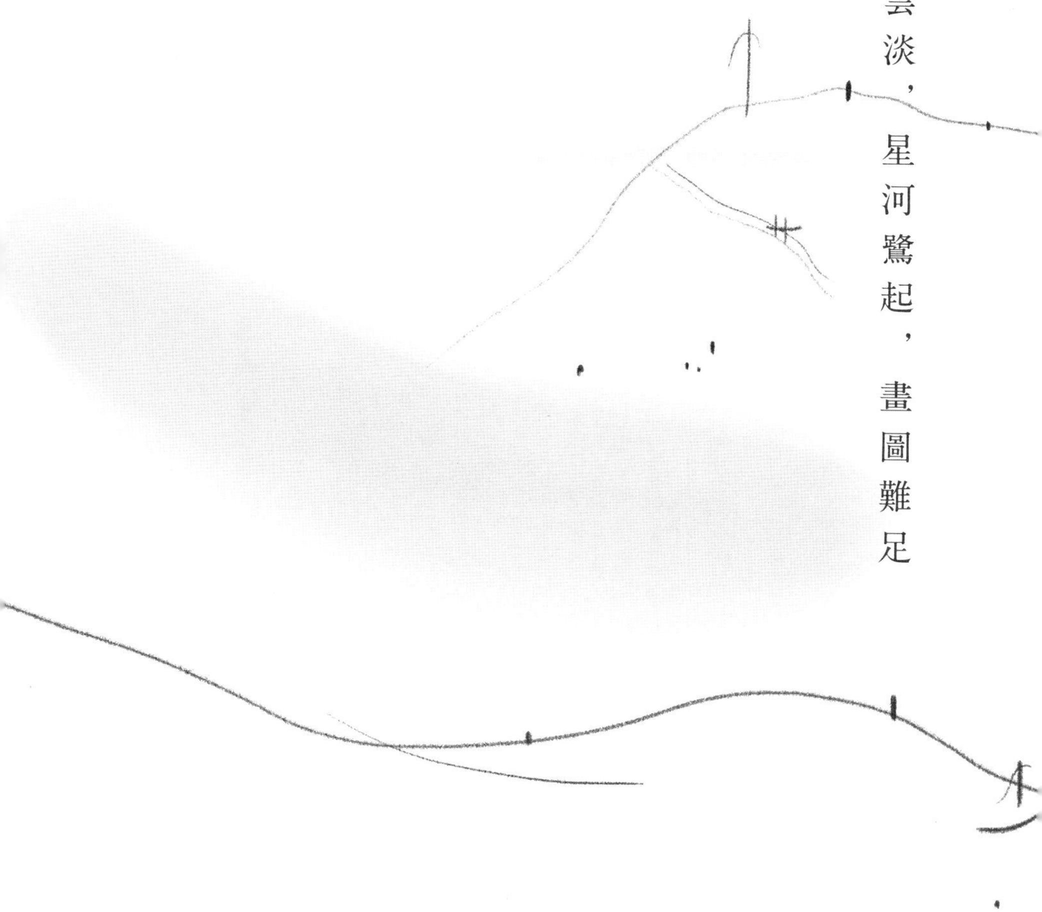

北京、河北、江蘇等地屬京杭運河一線。北京、河北在宋朝時屬於幽雲十六州，相關宋詞中，北京涉及了盧溝橋、桑干河（永定河）、太行山、元大都遺址、長城等地域；河北主要涉及正定、邯鄲、高陽、河間、易水、定興等地。江蘇主要涉及南京、無錫、徐州、常州、蘇州、南通、連雲港、淮安、揚州、鎮江等地。除一部分流連城郊、園林光景抒發山水清音的詞作外，多為痛惜關河分離、立志一統江山之作，或發出蕭颯之聲，或抒發憤懣之情。

（一）

水調歌頭

范成大

燕山九日作

萬里漢家使[1]，雙節照清秋[2]。舊京行遍，中夜呼禹濟黃流[3]。寥落桑榆西北[4]，無限太行紫翠[5]，相伴過蘆溝[6]。歲晚客多病，風露冷貂裘。

對重九，須爛醉，莫牢愁。黃花為我，一笑不管鬢霜羞[7]。袖裏天書咫尺[8]，眼底關河百二，歌罷此生浮。惟有平安信，隨雁到南州[9]。

注釋

❶ 萬里漢家使：指詞人奉命出使金國之事。

❷ 雙節：使節出行時的儀仗。

❸ 禹：與堯、舜齊名的賢聖帝王，曾治理黃河，劃定中國九州版圖。

❹ 桑榆：指桑干河（永定河）和榆關（山海關）。

❺ 太行：太行山，中國東部的一條重要地理界線。

❻ 蘆溝：指盧溝河（永定河）上的盧溝橋。

❼「對重九」五句：詞人在當時所作絕句《燕賓館》自注中說「至是適以重陽⋯⋯伴使把菊酌酒相勸」。

❽ 天書：南宋至金國的國書。

❾ 南州：泛指南方地區。

背景

范成大（1126～1193），字致能，號稱石湖居士。蘇州吳縣（今江蘇蘇州）人。繼承了白居易、王建、張籍等詩人新樂府的現實主義精神，終成一家。風格平易淺顯、清新嫵媚。其詩題材廣泛，以反映農村社會生活內容的作品成就最高。他與楊萬里、陸游、尤袤合稱南宋「中興四大詩人」。

乾道六年（1170），詞人奉命出使金國。他為改變接納詔書禮儀和索取河南陵寢地事與金國交涉，慷慨抗節，幾近被殺，本詞即寫於出使期間。詞作表現了詞人身處險境仍堅定忠貞的報國之心。

盧溝橋　亦稱蘆溝橋，位於北京市西南豐台區境內，因橫跨盧溝河（永定河）而得名。金明昌三年（1192）完工。盧溝橋是北京市現存最古老的石造聯拱橋，為十一孔聯拱橋，拱洞由兩岸向橋中心逐漸增大，坡勢平緩。橋兩側雁翅橋面呈喇叭口狀。橋面兩側設置石欄，石欄設有望柱。望柱間各嵌石欄板。

據金代《明昌遺事》載，「盧溝曉月」從金章宗年間就被列為「燕京八景」之一。在橋的東西兩頭各立御碑一通，東頭為清乾隆帝御書「盧溝曉月」碑，西頭則是清康熙帝於 1698 年為記述重修盧溝橋而書的御製碑。

盧溝河渡口，歷來是兵家必爭之地，早在戰國時代，盧溝河渡口一帶已是燕薊的交通要道。1937 年 7 月 7 日，日本帝國主義在此發動全面侵華戰爭，宛平城的中國駐軍奮起抵抗，史稱「盧溝橋事變」（亦稱「七七事變」）。現在，在盧溝橋畔宛平城內建有中國人民抗日戰爭紀念館。

桑干河（永定河）　又名桑乾河、治水、㶟水、索涫水、小黃河、渾河。桑干河上游主流恢河發源於山西省北部寧武縣，與源子河在朔州朔城區馬邑村匯合後始稱桑干河。桑干河流經朔州市、大同市，至陽高縣進入河北省境內。桑干河上的主要支流有黃水河、渾河、御河等。桑干河是塞北一條古老的河，它從西向東，綿延不斷的河水滋潤了兩岸肥沃的土地，也孕育了這裏悠久的歷史文化。現在的桑干河許多河段基本上處於常年乾涸的狀態。

（二）

滿江紅

和王夫人[1]《滿江紅》韻，以庶幾後山[2]《妾薄命》之意。

燕子樓中[3]，又捱[4]過、幾番秋色。相思處、青年如夢，乘鸞[5]仙闕[6]。肌玉暗消衣帶緩，淚珠斜透花鈿側[7]。最無端蕉影[8]上窗紗，青燈歇。

曲池合，高台滅[9]。人間事，何堪說！向南陽阡[10]上，滿襟清血。世態便如翻覆雨，妾身元是分明月[11]。笑樂昌一段好風流，菱花缺[12]。

文天祥

注釋

❶ 王夫人：名為清惠，是宋朝後宮中的昭儀。南宋滅亡時，她跟隨宋恭帝作為俘虜北上，在汴京驛壁上題詞《滿江紅》。

❷ 後山：即北宋人陳師道，曾鞏的學生，曾寫《妾薄命》詩。文天祥藉以說明忠於宋朝不事元朝的初心。

❸ 燕子樓：江蘇徐州五大名樓之一。此處的「燕子」是詞人喻指其被囚於大都燕京的歲月。

❹ 捱（āi）：熬。

❺ 鸞：指中古代神話傳說中鳳凰一類的鳥。

❻ 仙闕：指仙宮，也指帝王的宮闕。

❼ 花鈿（diàn）：古代婦女臉上的一種花飾。

❽ 蕉影：芭蕉的影子。謂孤獨憂愁的離情別緒。

❾ 曲池合，高台滅：藉高台曲池變滅的典故，指王朝覆亡。

❿ 南陽阡（qiān）：漢代原涉自署墓道為「南陽阡」。

⓫「世態」二句：詞人藉美人形象，表現自己的忠貞。

⓬「笑樂昌」二句：南朝陳宣帝之女樂昌公主由陳入隋，因破銅鏡，終與駙馬徐德言「破鏡重圓」，這也是成語「破鏡重圓」典故的由來。詞人意指破鏡雖得重圓，但已不復為原鏡。

背景

文天祥（1236～1283），字履善，又字宋瑞，自號文山、浮休道人。吉州廬陵（今江西吉安）人，南宋末大臣，文學家，民族英雄。

這首詞寫作時間有兩說。一說是寫於文天祥被囚於大都（北京）之時，詞作中使用的「燕子」典故喻指其被囚於大都燕京的歲月。一說是寫於崖山被破後，文天祥和他的軍幕鄧剡被解送大都，於建康（今南京）天慶觀（今朝天宮）羈留之時。古代詩詞中常以美人香草寄託國家大事，文天祥這首詞藉美人以隱喻自己對南宋的忠貞情操。作為豪放派詞人的文天祥，這首詞作「婉約」的詞風，顯示了其藝術風格的多變。

旅遊看點

元大都遺址　中國元代的都城遺址，又名汗八里城，位於北京市舊城的內城及其以北地區。元世祖至元四年（1267）以金代大寧宮（今北海瓊華島）為中心創建，主要工程完成於元世祖（1276）時期。元大都是當時世界上最大的都市。元大都城平面呈長方形，北至元大都土城遺址，南至長安街，東西至二環路。元大都城街道的佈局，奠定了今日北京城市的基本格局。

元大都城垣遺址公園　建於土城遺址之上，呈狹長帶狀，跨朝陽、海淀兩區。公園中「薊門煙樹」「大都建典」「古垣新韻」「大都盛典」和「龍澤魚躍」五大景點把朝陽段和海淀段連接起來，從西到東展示了元大都至今北京城市 700 多年的發展脈絡。

（三）

望江南

金德淑

春睡起，積雪滿燕山[1]。萬里長城橫玉帶[2]，
六街[3]燈火已闌珊[4]，人立薊樓間。
空懊惱，獨客此時還。轡[5]壓馬頭金錯落，
鞍籠駝背錦斕[6]班。腸斷唱門關。

注釋

❶ 燕山：在大都東北面。

❷ 玉帶：白綢帶，喪服外繫的帶子。

❸ 六街：大都城。

❹ 闌珊（lān shān）：將盡。

❺ 轡（pèi）：駕馭牲口的嚼子和韁繩。

❻ 斕：顏色駁雜，燦爛多彩。

背景

金德淑，南宋舊宮人。她和王昭儀、汪元量是宋亡後入元的三位宮中人。僅存這一首詞。

這首詞寫亡國之哀，立意重大；用筆樸素無華，流暢自然。詞作包舉積雪燕山，萬里長城，意境廣闊；融雪山、玉帶、薊樓於一體，渲染了幽悼故國的意境。詞為悼南宋而作，又用《望江南》調式，別有一番意味。人們謂此詞為「亡宋之挽詞」。

八達嶺長城 位於北京市延慶區境內，是明長城最具代表性的一段，作為居庸關的前哨，是明代重要的軍事關隘和北京的重要屏障，古稱「居庸之險不在關而在八達嶺」。明長城的八達嶺段被稱作「玉關天塹」，為明代居庸關八景之一。

主要景點有望京石、天險留題、彈琴峽、岔道城、古炮、關城、城牆、敵樓（墩台、城台）、戰台等。1987 年，聯合國接受萬里長城為「世界文化遺產」。1991 年 8 月，在北京故宮博物院，聯合國教科文組織對八達嶺長城頒發了人類文化遺產證書。

慕田峪長城 位於懷柔區境內，是北京新十六景之一。西接居庸關長城，東連古北口，開放的 2250 米長城段特點是長城兩邊均有垛口，特別是正關台三座敵樓並矗，著名的景觀箭扣、牛角邊、鷹飛倒仰等位於慕田峪長城西端。1992 年被評為世界旅遊之最，為國家 5A 級旅遊景區。

慕田峪地理位置十分重要，自古以來就是拱衛北京的軍事要衝，此段長城西接北京昌平區的居庸關，東連北京密雲區的古北口，為明代所修築，被稱為「危嶺雄關」。

司馬台長城 位於北京市密雲區北部的古北口鎮司馬台村北，緊鄰古北水鎮，司馬台長城的城牆依險峻山勢而築，以奇、特、險著稱。司馬台水庫將該長城分為東、西兩段。東段有美人樓 16 座，西段有英雄骨灰樓 18 座。中國著名古建築學家羅哲文曾評價「中國長城是世界之最，司馬台長城堪稱中國長城之最」。

古北口長城　位於河北省承德市灤平縣，是中國長城史上最完整的長城體系。由北齊長城和明長城共同組成，包括臥虎山、蟠龍山、金山嶺和司馬台 4 個城段。古北口是山海關、居庸關兩關之間的長城要塞，為遼東平原和內蒙古通往中原地區的咽喉，歷來是兵家必爭之地，尤其是在遼、金、元、明、清這五朝，大大小小爭奪古北口的戰役從未停止過，因此長城的作用顯得尤為重要。

（四）

齊天樂

史達祖

中秋宿真定驛

西風來勸涼雲[1]去，天東[2]放開金鏡[3]。照野霜凝[4]，入河桂濕[5]，一一冰壺[6]相映。殊方路永。更分破[7]秋光，盡成悲境。有客[8]躊躇，古庭空自弔孤影。

江南朋舊在許[9]，也能憐天際，詩思誰領？夢斷刀頭[10]，書開蠹尾[11]，別有相思隨定[12]。憂心耿耿。對風鵲殘枝，露蛩[13]荒井。斟酌[14]姮娥，九秋[15]宮殿冷。

注釋

❶ 涼雲：秋雲。
❷ 天東：東方的天空。
❸ 金鏡：月亮。
❹ 霜凝：月光灑滿大地，像鋪了一層凍霜一樣白。
❺ 桂濕：月亮入水。傳說月中有桂樹。
❻ 冰壺：皎潔之月光。
❼ 分破：指宋與金南北分疆，山河破碎，猶各自領一半秋光。
❽ 客：客子，自指。
❾ 許：何許，何處。
❿ 刀頭：刀環，戰罷還家之意。
⓫ 蠆（chǎi）尾：女子鬈髮。此指書法峭勁。
⓬ 定：助語詞，猶「了」「着」。
⓭ 蛩（qióng）：蟋蟀。
⓮ 斟酌（zhēn zhuó）：往杯盞裏倒酒供飲用。
⓯ 九秋：九月深秋。

背景

史達祖（1163～1220？），字邦卿，號梅溪，汴（今河南開封）人，居杭州。南宋詞人。其詞多寫個人閑情逸致，尤工於詠物，盡態極妍。善用白描手法，刻畫細節。詞中也有憂國傷時之作，慷慨悲涼，較有現實內容。

南宋開禧元年（1205），史達祖隨宋朝派赴金國賀金主生辰的使節北行，六月離臨安，八月中秋到達真定（今河北正定）。這首詞就是在真定館驛中寫成的。詞人以一個南宋士人的身份前往曾是北宋疆土的異國祝壽，又恰逢傳統中秋佳節，這就鑄就了這首詞的悲壯風格。

正定趙雲廟 位於正定縣縣城。趙雲，字子龍，常山真定（今正定）人，三國名將，有「常勝將軍」之稱。新建的趙雲廟氣勢恢宏，採用仿明清古建築結構，分為一進院、二進院。主要建築有廟門、四義殿、五虎殿、君臣殿和順平侯殿，與世界聞名之隆興寺毗鄰。

正定隆興寺 位於正定縣縣城，是國內現存時代較早、規模較大而又保存完整的佛教寺院之一。隆興寺始建於隋開皇六年（586），原名「龍藏寺」。宋初，太祖趙匡胤敕令在龍藏寺內鑄造銅佛，並建大悲閣。清康熙、乾隆年間，兩次大規模維修和增建。清康熙四十八年（1709），改龍藏寺為隆興寺，俗稱大佛寺。

正定開元寺 位於正定縣縣城常勝街西側，原名淨觀寺，始建於東魏興和二年（540），隋開皇十年（591）改名解慧寺。2000 年 6 月在正定縣縣城內府前街出土了一通巨大贔屭（bì xì）殘碑基座，現存於開元寺內。有關專家考證，此殘碑基座為後唐遺物，距今 1200 餘年，是研究中國後唐至五代時期歷史的重大發現，具有極高的文物價值，是國內罕見的藝術珍品。

（五）

沁園春

夢孚若[1]

何處相逢？登寶釵樓[2]，訪銅雀台[3]。喚廚人斫就[4]，東溟鱠[5]膾[6]，圉人[7]呈罷，西極[8]龍媒[9]。天下英雄，使君[10]與操[11]，餘子[12]誰堪共酒杯。車千乘[13]，載燕南趙北[14]，劍客奇才[15]。

飲酣畫鼓[16]如雷。誰信[17]被晨雞輕喚回。歎年光過盡，功名未立，書生老去，機會方來。使李將軍[18]，遇高皇帝[19]，萬戶侯何足道哉！披衣起，但凄涼感舊，慷慨生哀。

劉克莊

注釋

❶ 孚（fú）若：方孚若，名信儒，福建莆田人，以使金不屈著名。
❷ 寶釵樓：漢武帝時建，故址在今陝西省咸陽市。
❸ 銅雀台：曹操時建，故址在今河南省臨漳縣西南。
❹ 斫（zhuó）：用刀砍。
❺ 東溟（míng）：東海。
❻ 膾（kuài）：切細的肉塊。
❼ 圉（yǔ）人：養馬的官。
❽ 西極：指西域，古時名馬多來自西域。
❾ 龍媒：駿馬名。
❿ 使君：古時對州郡長官的稱呼。這裏指劉備。
⓫ 操：曹操。
⓬ 餘子：其他人。
⓭ 乘（shèng）：古時一車四馬叫乘。
⓮ 燕（yān）南趙北：指今河北山西一帶。
⓯ 劍客：指劍術和武藝出眾者。
⓰ 畫鼓：一作「鼻息」。畫，鼓上紋飾。
⓱ 誰信：誰想，誰料。
⓲ 李將軍：指西漢名將李廣。
⓳ 高皇帝：指漢高帝劉邦。

背景

劉克莊（1187～1269），初名灼，字潛夫，號後村居士，莆田（今福建莆田一帶）人，南宋著名的江湖詩人，宋末文壇領袖，辛派詞人的重要作家。多感時事之作，渴望收復中原，振興國力，反對妥協苟安。詞深受辛棄疾影響，多豪放之作，散文化、議論化傾向也較突出。

這首詞採用虛實結合的手法，以夢境寫思念的友人，將懷才不遇的憤懣之情，淋漓盡致地表達了出來。方孚若名信孺，是詞人的同鄉，又是志同道合的朋友。他在韓侂胄伐金失敗以後，曾奉命使金，談判媾和條件，駁回金人的苛刻要求。金帥以囚或殺相威脅，他始終不屈，置生死於度外。此詞應係悼念之作。

旅遊看點

河北臨漳銅雀台遺址 位於河北省臨漳縣城西南，全國重點文物保護單位。古鄴城始建於春秋齊桓公時，三國時期，曹操擊敗袁紹後營建鄴都，修建了銅雀、金鳳、冰井「鄴三台」，是建安文學的發祥地。台高十丈，有屋百餘間，因歷代名人題詠甚多而聞名。

三國兩晉南北朝時期，鄴城作為曹魏、後趙、冉魏、前燕、東魏、北齊六朝都城，居中國北方政治、經濟、文化、軍事中心長達四個世紀之久，享有「三國故地、六朝古都」之美譽。

河北臨漳鄴城遺址 位於河北省臨漳縣西南漳河北岸的鄴鎮，全國重點文物保護單位。

鄴城遺址，是歷史上的曹魏、後趙、冉魏、前燕、東魏、北齊都城遺址，由南、北二城構成。鄴北城是建安九年（204）曹操封魏王後營建的國都。鄴南城為東魏元象元年（538）依鄴北城南牆而建，毀於隋代。

鄴北城國家考古遺址公園主要包括鄴城遺址博物館、三台（銅雀台、金鳳台、冰井台）遺址公園、西門豹紀念館、民俗文化體驗村、中國鄴都文化創意園、宮殿遺址區展示、城牆城門展示等部分。

（六）

望海潮

晁端禮

高陽[1]方面，河間[2]都會，三關[3]地最稱雄。粉堞[4]萬層，金城[5]百雉[6]，樓橫一帶長虹。煙素斂晴空。正望迷平野，目斷飛鴻[7]。易水[8]風煙，范陽[9]山色有無中。

安邊暫倚元戎[10]。看綸巾對酒，羽扇搖風[11]。金勒[12]少年，吳鈎[13]壯士，寧論衛霍[14]前功！乃眷[15]在清衷[16]。恐鳳池[17]虛久，歸去匆匆。幸有佳人錦瑟，玉筍[18]且輕攏。

注釋

❶ 高陽：縣名，在今河北保定東南。
❷ 河間：府，路名。
❸ 三關：古代三個關口的總稱。
❹ 粉堞（dié）：用白堊塗刷的女牆。
❺ 金城：金城湯池的略語。
❻ 雉：古代計算城牆面積的單位，長三丈、高一丈為一雉。
❼ 飛鴻：大雁。
❽ 易水：在河北省西部，大清河上游支流。
❾ 范陽：古縣名，唐以後治所在今河北省涿州。
❿ 元戎：主將，統帥。
⓫「看綸巾」二句：描寫主帥英武儒雅的氣度，傳達出詞人由衷的讚美之情。
⓬ 金勒：金飾的帶嚼口的馬絡頭。代指寶馬。勒，套在馬頭上帶嚼口的籠頭。
⓭ 吳鈎：相傳產於吳地的一種彎頭寶刀。
⓮ 衞霍：指西漢名將衞青、霍去病。
⓯ 乃眷：喻關懷。
⓰ 清衷：指純潔的內心。
⓱ 鳳池：鳳凰池，為宋代中書省所在地，代指朝廷。
⓲ 玉筍：有的版本為「玉秔（jīng）」。玉秔即筍，筍的美稱。

背景

晁端禮（1046～1113），名一作元禮，字次膺，開德府清豐縣（今屬河南）人，因其父葬於濟州任城（今山東省濟寧市），遂為任城人。一說徙家彭門（今江蘇徐州）。

這首詞作於河北邊鎮帥守席上。這首詞中提到過的高陽、河間、三關、易水等地又均在瀛州境內，大觀二年（1108）又升瀛州為府，治所在河間（現隸屬河北省滄州市）。

高陽三關　即淤口關（也稱草橋關，今河北省高陽縣東）、益津關（在今河北省霸州境內，今河北省霸州市文安縣境內有重建的益津關）、瓦橋關（也稱雄關，今河北雄縣境內——故址已不存在）。淤口關在今霸州東，益津關在今霸州，瓦橋關在今雄縣。五代後周顯德六年（959）世宗北取瀛、莫等州，以三關與契丹分界。

史料記載，楊家將抗擊遼敵主要活動於山西和河北中西部地區，往北最遠到過易水河一帶，也就是現在的河北省易縣、淶源、涿州、霸州和雄州（今河北雄縣）一些地區。楊延昭是宋初鎮守益津關、瓦橋關、淤口關一帶的名將。

易水　也稱易河，發源於河北省易縣境內，分南易水、中易水、北易水。源出易縣境，南入拒馬河。

燕太子丹送荊軻刺秦於此作別，高漸離擊筑，荊軻和着音樂高歌：「風蕭蕭兮易水寒，壯士一去兮不復還。」易水因此名揚，荊軻以此得名。這兩句詩所表現出的慷慨悲壯情緒令人歎為觀止。

（七）

江梅引

憶江梅

天涯除館憶江梅[1]。幾枝開？使南來。還帶餘杭[2]春信到燕台[3]？準擬寒英[4]聊慰遠，隔山水，應銷落，赴愬[5]誰！

空恁[6]遐想笑摘蕊，斷回腸，思故里[7]。漫彈綠綺[8]，引《三弄》[9]，不覺魂飛。更聽胡笳，哀怨淚沾衣[10]。亂插繁花[11]須異日，待孤諷[12]，怕東風，一夜吹[13]。

洪皓

注釋

❶ 除（yú）館：被遺忘的住所。
❷ 餘杭：今杭州市，南宋臨時都城臨安。
❸ 燕台：在今河北省保定市定興縣。
❹ 寒英：指梅花。
❺ 愬（sù）：同「訴」。
❻ 恁（nèn）：這樣。
❼ 斷回腸，思故里：這二句化用唐高適「遙憐故人思故鄉」「梅花滿枝空斷腸」詩句。
❽ 綠綺：古琴名。
❾《三弄》：《梅花三弄》。
❿「更聽胡笳」二句：化用杜甫流寓四川時詩句：「胡笳在樓上，哀怨不堪聽。」
⓫ 亂插繁花：語出杜甫詩句：「安得健步移遠梅，亂插繁花問晴昊。」
⓬ 孤諷：獨自吟詠。
⓭「怕東風」二句：語出蘇軾《梅花》：「一夜東風吹石裂，半隨飛雪度關山。」

背景

洪皓（1088～1155），字光弼，饒州鄱陽（今江西波陽）人。

詞人於南宋政權建立之初的建炎三年（1129）被任為「通問使」，作為南宋使者出使到侵佔中原的金朝，被金扣留十餘年。詞人經歷折磨，始終堅貞不屈。1142 年「和議」告成，宋高宗對金稱臣。該年夏至，洪皓聽歌者唱《江梅引》，又聞南宋派遣迎護韋后等的使者將至，不禁百感交集，連夜和作了四首。這首詞中詞人主要是把梅花作為故國家鄉的象徵物。

旅遊看點

燕台　也稱黃金台、招賢台。為戰國時期燕昭王築。史料記載，燕昭王即位之初即着手招攬人才，高築「黃金台」以招賢納士。當時台略呈方形，台頂後建昭王殿，兩側為招賢館，東有鐘鼓樓。殿後為進院，內有觀音殿；再後為三進院，內建藥王廟、孫聖殿、露天石佛等。其位置爭議有二說：一說其故址在河北省定興縣高里鄉北章村，原屬易縣，在易縣東南部，後金大定六年（1166）定興立縣時割入定興。二說其故址在北京朝陽區金台路附近。一般取前者之說，目前定興縣高里鄉北章村遺址尚存。

定興義慈惠石柱　位於距定興縣石柱村西北一高台上，易水河河畔。為全國重點文物保護單位。石柱建於北齊太寧二年（562），又名北齊石柱，台上原建有沙丘寺，現僅存石碑兩通。

石柱自上而下用六塊石灰石壘疊而成，分基座、柱身和石屋三部分，其結構為蓮座之上建石柱，柱巔置水平蓋板一塊，其上建石屋。上部截面為方形，正面有「標異鄉義慈惠石柱」題額等刻銘。柱身下半截為不等邊八角形，上刻經文。

（八）

念奴嬌

辛棄疾

登建康賞心亭[1]，呈史留守致道[2]

我來弔古[3]，上危樓[4]，贏得閑愁千斛[5]。虎踞龍蟠[6]何處是？只有興亡[7]滿目。柳外斜陽，水邊歸鳥，隴上[8]吹喬木。片帆西去，一聲誰噴[9]霜竹[10]？

卻憶安石[11]風流，東山歲晚[12]，淚落哀箏曲[13]。兒輩功名都付與，長日惟消棋局。寶鏡難尋，碧雲將暮，誰勸杯中綠[14]？江頭風怒，朝來波浪翻屋。

注釋

❶ 賞心亭：建於北宋，位於今南京市建鄴區。

❷ 留守：即行宮留守。史致道：名正志，揚州人，任建康行宮留守、建康知府兼沿江水軍制置使。

❸ 弔古：憑弔、傷懷。

❹ 危樓：高樓。此代指賞心亭。

❺ 斛（hú）：量器名，也是容量單位。古代以十斗為一斛，南宋末改五斗為一斛。

❻ 虎踞龍蟠：劉備曾使諸葛亮至京，因睹秣陵（mò líng）山阜（fù），歎曰：「鍾山龍蟠，石城虎踞，真帝王之宅也。」

❼ 興亡：指六朝興亡古跡。

❽ 隴上：田埂，此泛指田野。

❾ 噴：噴發，指吹奏。

❿ 霜竹：秋天之竹，代指經霜後的竹子做成的竹笛。

⓫ 安石：即謝安，早年寓居會稽，晉孝武帝時任宰相，「淝水之戰」大敗前秦苻堅，後遭讒被疏。

⓬ 東山歲晚：謂謝安晚年被疏，高卧東山（會稽山），放情丘壑。

⓭ 淚落哀箏曲：指桓伊彈奏的《怨詩》：「為君既不易，為臣良獨難。忠信事不顯，乃有見疑患……」

⓮ 綠：酒名，是醽醁（líng lù）或酃淥（líng lù）的簡稱。

背景

辛棄疾（1140～1207），原字坦夫，改字幼安，別號稼軒，歷城（今山東省濟南市歷城區遙牆鎮四鳳閘村）人。南宋豪放派詞人、抗金將領，有「詞中之龍」之稱。與蘇軾合稱「蘇辛」，與李清照並稱「濟南二安」。

這首詞約寫於乾道五年（1169），時辛棄疾任建康通判。他南歸七年，所期望的抗金復國事業卻毫無進展。詞人在一次登建康賞心亭時，觸景生情，感慨萬千，弔古傷今，表現對國家前途的憂慮和對議和派排斥愛國志士的激憤，筆調極為深沉悲涼。

旅遊看點

賞心亭　位於南京市建鄴區水西門廣場西側外。始建於宋代，《景定建康志》:「賞心亭在下水門之城上，下臨秦淮，盡觀覽之勝。丁晉公謂建。」曾是南京水西門內一處名勝，曾數毀數建。

賞心亭，舊時「為金陵第一勝概」。歷代詩人詞家吟詠者不計其數。現在，復建的賞心亭在水西門外、秦淮河畔、西水關頭，建築風格延續秦淮風光帶的明清建築風格，採用明清官式風格，八角歇山頂，灰筒瓦屋面。

（九）

杏花天影

姜夔

丙午[1]之冬，發沔口[2]，丁未[3]正月二日，道金陵。北望淮楚，風日[4]清淑[5]，小舟掛席[6]，容與[7]波上。

綠絲[8]低拂鴛鴦浦[9]。想桃葉、當時喚渡[10]。又將愁眼與春風，待去；倚蘭橈[11]，更少駐。

金陵路、鶯吟燕舞[12]，算潮水、知人最苦。滿汀[13]芳草不成歸，日暮；更移舟，向甚處？

注釋

❶ 丙午：宋孝宗淳熙十三年（1186）。

❷ 沔（miǎn）口：沔水，為漢水上游。漢水入長江處謂之沔口，即今湖北漢口。

❸ 丁未：淳熙十四年（1187）。

❹ 風日：風與日，指天氣、氣候；猶風光。

❺ 清淑：清和、秀美之意。

❻ 掛席：猶掛帆。

❼ 容與：猶豫、遲緩不前的樣子。

❽ 綠絲：指柳，合肥多柳，金陵自古亦多種柳。

❾ 鴛鴦浦：指的是桃葉渡口。

❿「想桃葉」二句：桃葉係晉王獻之愛妾。王獻之曾作歌送桃葉渡江云：「桃葉復桃葉，渡江不用楫。但渡無所苦，我自來迎接。」此處借指合肥歌女。

⓫ 橈（ráo）：槳，楫（jí），這裏代指船。

⓬ 鶯吟燕舞：借指美貌女子的清歌妙舞。

⓭ 汀（tīng）：指江中小洲。

背景

姜夔（kuí）（1155？～1209），字堯章，號白石道人，饒州鄱陽（今江西省鄱陽縣）人。南宋文學家、音樂家，終身布衣。詞風超然不羣，含蓄空靈，具有孤雲野鶴一般清凌脫俗的個性。

這首詞是思念舊日情人的情詞。白石於上年冬自漢陽隨蕭德藻乘船東下赴湖州，此年正月初一抵金陵，泊舟江上。當夜有所夢，感而作《杏花天影》。

旅遊看點

鶩鷟浦 —— 桃葉渡　桃葉渡位於南京市秦淮區，是秦淮河上的一個古渡，位於秦淮河與古青溪水道合流處附近，南起貢院街東，北至建康路淮清橋西，又名南浦渡。

桃葉渡是南京古名勝，為金陵四十八景之一。在原渡口處立有「桃葉渡碑」，並建有「桃葉渡亭」。從六朝到明清，桃葉渡處均為繁華地段。

在南京浦口還有一個同名的桃葉渡，是南京江北長江邊東門桃葉山下的一個古渡口，也稱「晉王渡」，和東門「宣化古渡」、東門「大碼頭渡」同屬南京浦口東門三大古渡。

秦淮河　中國長江下游右岸支流。古稱龍藏浦，漢代起稱淮水，唐以後改稱秦淮。秦淮河大部分在南京市境內，是南京市最大的地區性河流，被稱為南京的母親河。素為「六朝煙月之區，金粉薈萃之所」，被稱為「中國第一歷史文化名河」。

南京夫子廟是中國四大文廟之一，為中國古代江南文化樞紐之地、金陵歷史人文薈萃之地，是明清時期南京的文教中心，也是居東南各省之冠的文教建築羣，是中國最大的傳統古街市。

夫子廟—秦淮風光帶（江南貢院、白鷺洲、中華門、瞻園、王謝故居），位於南京市秦淮區，以夫子廟古建築羣為中心、十里秦淮為軸線、明城牆為紐帶，串聯起眾多全國重點文物保護單位、省級和市級文物保護單位。

（一〇）

永遇樂

蘇軾

彭城夜宿燕子樓[1]，夢盼盼[2]，因作此詞。

明月如霜，好風如水，清景無限。曲港跳魚，圓荷瀉露，寂寞無人見。紞如[3]三鼓，鏗然[4]一葉，黯黯夢雲[5]驚斷[6]。夜茫茫、重尋無處，覺來小園行遍。

天涯倦客，山中歸路，望斷故園心眼[7]。燕子樓空，佳人何在，空鎖樓中燕。古今如夢，何曾夢覺，但有舊歡新怨。異時對、黃樓[8]夜景，為余浩歎。

注釋

❶ 彭城：今江蘇徐州。
❷ 燕子樓：唐徐州尚書張愔為其愛妾關盼盼在宅邸所築的小樓。
❸ 紞（dǎn）如：擊鼓聲。
❹ 鏗然：清越的音響。
❺ 夢雲：夜夢神女朝雲。雲，喻盼盼。典出宋玉《高唐賦》楚王夢見神女：「朝為行雲，暮為行雨。」
❻ 驚斷：驚醒。
❼ 心眼：心願。
❽ 黃樓：徐州東門上的大樓，蘇軾任徐州知州時建造。

背景

蘇軾（1037～1101），字子瞻，一字和仲，號東坡居士。眉州眉山（今屬四川省）人。嘉祐二年（1057）進士。與父蘇洵、弟蘇轍合稱「三蘇」。其文縱橫恣肆，為「唐宋八大家」之一。

這首詞是詞人夜宿燕子樓感夢抒懷之作。上闋描寫燕子樓小園的無限清幽之景；下闋抒寫憑弔燕子樓，登高遠眺，直抒感慨。詞中深沉的人生感慨包含了古與今、倦客與佳人、夢幻與佳人的綿綿情事。詞人將景、情、理熔於一爐，隱隱傳達某種尋求解脫的出世意念。

燕子樓　江蘇省徐州市五大名樓（彭祖樓、霸王樓、燕子樓、奎樓、黃樓）之一，位於徐州市市區雲龍公園知春島上。唐貞元年間，朝廷重臣武寧軍節度使張愔（張建封之子）鎮守徐州時，在其府第中為愛妾著名女詩人關盼盼特建一座小樓，因小樓飛簷挑角，形如飛燕得名。張氏去世後，關盼盼矢志不嫁，張仲素和白居易為之題詠，歷代詩人有感於此，也為燕子樓留下不少詩篇，遂使此樓名垂千古。

千百年來，燕子樓屢毀屢建，基址幾經變遷，歷盡滄桑。現於雲龍公園知春島上重建的燕子樓為雙層，上下迴廊環繞，富有民族傳統風格。

黃樓　故址在江蘇省徐州市，為蘇軾所建，現重修位於今黃河南路，慶雲橋東，故黃河公園內，坐落於故黃河南岸大堤上。

黃樓原為西楚故宮。公元前 206 年項羽在秦末戰爭中獲勝，他自稱西楚霸王，稱其居住的地方為西楚故宮。唐、宋兩代，西楚故宮成為當時的刺史衙門。北宋時蘇軾調任徐州知州，因建造黃樓缺少材料，將西楚故宮拆除。據宋蘇轍《黃樓賦》載：「熙寧十年秋七月乙丑，黃河決口……蘇軾適為彭城守。……及水至城下，蘇又以身帥之，與城存亡，故水至而民不潰。水退又請增築徐城。」故黃樓是黃河決堤洪水退去後的紀念，也是蘇軾守徐州政績的象徵。蘇轍、秦觀等都曾登黃樓，覽觀山川，弔水之遺作，作黃樓之賦。後以「黃樓」為登覽山水，賦詩作文，以頌功德的典實。

(一一)

西江月

張孝祥

題溧陽三塔寺

問訊[1]湖[2]邊春色，重來又是三年[3]。東風吹我過湖船[4]，楊柳絲絲[5]拂面[6]。

世路[7]如今已慣，此心到處悠然。寒光亭[8]下水如天，飛起沙鷗[9]一片。

注釋

❶ 問訊：問候。

❷ 湖：指三塔蕩（湖）。

❸ 重來又是三年：相隔三年重遊舊地。

❹ 過湖船：駛過湖面的船。

❺ 楊柳絲絲：形容楊柳新枝柔嫩如絲。

❻ 拂面：輕輕地掠過面孔。

❼ 世路：世俗生活的道路。這裏應是指詞人經歷過的「政治腐敗、荊棘叢生之路」。

❽ 寒光亭：亭名。在江蘇省溧陽市西三塔寺內。

❾ 沙鷗：沙洲上的鷗鳥。

背景

張孝祥（1132～1169），字安國，號于湖居士，簡州（今屬四川省）人，生於明州鄞縣桃源鄉（今寧波市鄞州區橫街鎮）。先祖曾居歷陽烏江（今安徽和縣），再遷明州（今寧波），為唐代詩人張籍的後代。

這首詞是詞人重遊三塔寺之作，南宋時張孝祥曾經在溧陽（今江蘇省溧陽）三塔蕩、三塔寺、寒光亭留下五首詩兩首詞。這首詞，大約是紹興三十二年（1162）春，張孝祥自建康還宣城途經溧陽時所作。詞作樸素清新，寫景抒情，信手拈來，全無雕飾的痕跡。字裏行間隱隱流露出詞人寄情自然、悠然曠達的情懷。

旅遊看點

三塔蕩（湖） 溧陽三塔蕩（湖），是古中江流經的重要湖蕩，為流經溧陽的古水道中江的一段。古代為綿延數十平方公里的湖區，明代築了東壩以後，湖水退去，湖面消失。據説，三塔蕩（湖）因三塔寺（大雁塔、中雁塔、小雁塔，塔在寺中，寺中有塔）而得名。三塔蕩是古梁城所在地，又稱梁城湖。

溧陽三塔寺 為古代溧陽城西四十餘里處三塔蕩（湖）的一處寺廟遺址，東晉名白龍寺。據《金陵志》云：三塔寺曾稱三塔大聖院，東晉名白龍寺……舊有三塔，相傳有一高僧圓寂此地。周邊還有寒光亭（遺址）、梅山、塹口、中橋、南渡渡口、扁擔河、射鴨塘等景點。

三塔寺相傳是僧伽大聖行化（行遊四方化緣傳佛教收佛徒）之地。南朝梁昭明太子蕭統曾經從建康（即今南京）乘舟經中江來三塔湖遊覽，並在三塔大聖院禮佛。經隋唐到五代十國時，溧陽地屬十國之一的南唐。地處太湖以東的吳越王錢氏，佔據太湖以西的南唐土地，要築一道堅固如鐵的大壩鐵梁堰，屢造屢毀，歸結為三塔大聖院作祟。於是就請方士施展詛咒法術，毀廢了三塔大聖院，獨存一塔。資料顯示，元朝大德年間三塔大聖院的地方曾經是白龍寺，石塊壘起的佛塔是鐵梁堰的標誌。北宋治平年間，有一位名叫奉琳的僧人在三塔大聖院遺址處建造了一座寒光亭。南宋乾道年間，又復建起三塔大聖院的寺院。

（一二）

蝶戀花

范成大

春漲一篙[1]添水面[2]。芳草鵝兒[3]，綠滿微風岸。

畫舫[4]夷猶[5]灣百轉，橫塘塔近依前遠。

江國[6]多寒[7]農事晚。村北村南，穀雨才耕遍。

秀麥[8]連岡桑葉賤，看看[9]嘗麪[10]收新繭。

注釋

❶ 一篙：指水的深度。

❷ 添水面：有兩重意思，一是水面上漲；二是水滿後面積增大。

❸ 鵝兒：小鵝，黃中透綠，意思是指小鵝與嫩草色相似。

❹ 畫舫：彩船。

❺ 夷猶：猶豫遲疑，這裏是指船行緩慢。

❻ 江國：水鄉。

❼ 寒：指水冷。旱地早已種植或翻耕了，水田要晚些，江南農諺曰：「清明浸種（稻種），穀雨下秧。」所以「耕遍」正是時候。

❽ 秀麥：出穗揚花的麥子。

❾ 看看（kān）：轉眼之間，即將之意。

❿ 麪：當為炒麪，將已熟未割的麥穗摘取下來，揉下麥粒炒乾研碎，取以嘗新。蘇軾所謂「捋青搗麨軟飢腸」（《浣溪沙》），目前農村仍有此俗。

背景

范成大，見第一一頁《水調歌頭》（萬里漢家使）。

這首詞當是詞人退居石湖期間所作，寫的是蘇州附近田園風光。詞作描繪了一幅清新明淨的水鄉景色，洋溢着濃郁而恬美的農家生活氣息。

石湖　蘇州石湖屬於太湖支流，蘇州風景名勝。石湖歷史悠久，相傳范蠡就曾帶着西施由此入太湖，從此隱居。石湖風景秀麗，「石湖串月」風景獨具特色。石湖景區以吳越遺跡和江南水鄉田園風光見稱，擁有眾多的古寺、古塔、古墓以及范成大等人的別墅。此外還有漁莊、天鏡閣、行春橋、越城橋、顧野王墓、越城橋石器時代文化遺址、石湖串月等景觀景物。附近的上方山上還有吳王拜郊台、吳王井、藏軍洞、楞伽塔、范家祠、潮音寺等優美景觀。

石湖串月 —— 行春橋　位於茶磨嶼東，石湖北渚，又名長橋、九環洞橋。橋身九洞相連，湖水越洞而出，水清映物。農曆八月十八夜，秋月如練，石湖行春橋九個橋洞，各映一泓月影，形成串月之絕景。

石湖精舍　是范成大歸隱石湖養老之地，其自號石湖老人。范成大所築石湖別墅，又名石湖精舍，建有北山堂、農圃堂、壽樂堂、天鏡閣、千岩觀、玉雪坡、錦繡坡、夢魚軒、說虎軒、倚雲亭、盟鷗亭等多處景觀。

賀新郎

彭傳師於吳江三高堂[1]之前作釣雪亭[2]，蓋擅漁人之窟宅以供詩境也，趙子野約余賦之。

挽住風前柳，問鴟夷[3]當日扁舟，近曾來否？月落潮生無限事，零落茶煙未久[4]。謾留得蒓鱸依舊[5]。可是功名從來誤，撫[6]荒祠、誰繼風流後？今古恨，一搔首[7]。

江涵雁影[8]梅花瘦，四無塵、雪飛雲起，夜窗如畫。萬里乾坤清絕處，付與漁翁釣叟[9]。又恰是、題詩時候。猛拍闌干呼鷗鷺，道他年、我亦垂綸[10]手。飛過我，共樽酒。

注釋

❶ 三高堂：位於吳江，建於宋初，供奉着春秋越國范蠡、西晉張翰、晚唐陸龜蒙三位高士。

❷ 釣雪亭：為詞人同時代人彭傳師所作。

❸ 鴟夷（chī yí）：盛酒的革囊，伍子胥曾被裝入鴟夷沉入江中。在這裏借指伍子胥。

❹「月落」二句：懷念陸龜蒙。陸龜蒙自號天隨子，隱居在松江上的村墟甫里，平時以筆牀茶灶自隨，不染塵氛。零落：指草木凋落，死亡；比喻人事衰頹。

❺「謾留」句：用張翰在洛陽做官是因秋風起思念家鄉美味蒓（chún）羹鱸膾（kuài）而辭官返里的故事，懷想棄官歸隱的高士張翰。謾：徒。

❻ 撫：輕輕地按着。

❼ 搔首：以手搔頭。焦急或有所思貌。意指詞人身處野草荒蕪的古寺，思及古人前賢的功名之事，不禁感慨萬千。

❽ 涵：沉，潛。

❾ 漁翁釣叟：漁翁釣叟在中國文化裏是一個特殊的語碼，往往指身懷安邦定國大才，卻從不招搖的高人。

❿ 綸（lún）：釣魚用的線。

背景

盧祖皋（約 1174～1224），字申之，又字次夔，號蒲江，永嘉（今浙江溫州）人。

這首詞藉寫夜季之景，寄託自己歸隱而去的心志。詞人任吳江主簿時，應友人趙子野的邀請，到三高祠堂遊玩，在冬天下雪的時候，面對此景，賦了這首詞。詞的上闋着重歌詠「三高」，以抒發追思先賢的幽情。下闋着重寫釣雪亭邊夜雪的情景。

旅遊看點

吳江三高祠文化 「吳江三高」是北宋以來人們對三位高士的合稱，即春秋范蠡、西晉張翰、晚唐陸龜蒙。由宋至清代的近千年間，「吳江三高」一直得到文人士大夫建祠祭祀的「禮遇」。「高士」一語出自《易經》，是古人給予隱士的眾多稱謂之一。

宋哲宗元符二年（1099），松江知縣石處道建三高祠，率領寮佐參拜祭奠。之後三高祠遷建、擴建、重建達十餘次，分佈於每個朝代。三高祠在南宋乾道三年（1167）改建時，吳江鄉老王份（字文孺）獻其地雪灘供其遷建。雪灘本是王份私家園林「臞庵（qú' ān）」中勝景之一。中興名臣范成大為三高祠撰寫記文，「吳江三高」之名傳於天下。

吳中名吃 —— 蒓羹鱸膾 蒓鱸之思，典出《世說新語・說鑒》:「張季鷹（張翰）辟齊王東曹掾，在洛見秋風起，因思吳中菰菜羹、鱸魚膾，曰:『人生貴得適意爾，何能羈宦數千里以要名爵？』遂命駕歸。俄而齊王敗，時人皆謂見機。」後人用蒓羹鱸膾或季鷹思歸等典故形容人不追求名利，凡事順乎自然；或用以形容人對家鄉的思念之情。

蒓菜、鱸魚、茭白（菰菜）並稱為江南「三大名菜」，自古就被視為珍貴食品。白居易（猶有鱸魚蒓菜興，來春或擬往江東）、蘇東坡（得句會應緣竹鶴，思歸寧復為蒓鱸）、陸放翁（鱸肥菰脆調羹美，麥熟油新作餅香）等文人的詠吟，為蒓鱸美味增加了濃郁的飲食文化色彩。

（一四）

賀新郎

吳文英

陪履齋先生[1]滄浪[2]看梅

喬木生[3]雲氣。訪中興、英雄[4]陳跡，暗追前事。戰艦東風慳借便[5]，夢斷神州故里[6]。旋小築[7]，吳宮[8]閑地。華表[9]月明歸夜鶴，歎當時花竹今如此！枝上露，濺清淚。

遨頭[10]小簇行春隊。步蒼苔，尋幽別塢，問梅開未？重唱梅邊新度曲，催發寒梢凍蕊。此心與、東君[11]同意。後不如今今非昔[12]，兩無言、相對滄浪水。懷此恨，寄殘醉。

注釋

❶ 履齋先生：吳潛，字毅夫，號履齋，淳中，觀文殿大學士，封慶國公。

❷ 滄浪：滄浪亭，在蘇州府學東。

❸ 喬木：指梅樹。

❹ 英雄：指韓世忠。

❺「戰艦東風」句：指韓世忠黃天蕩之捷，兀朮掘新河逃走。慳（qiān）：吝惜的意思。

❻ 神州故里：指北宋淪陷領土。

❼ 旋小築：指韓世忠為奸臣排斥，來吳地修築別墅罷職閑居。旋：返回，歸來。

❽ 吳宮：指春秋吳王的宮殿。

❾ 華表：古代設在橋樑、宮殿、城垣或陵墓等前，兼作裝飾用的巨大柱子。

❿ 遨頭：俗稱太守為遨頭。

⓫ 東君：春神為東君，此指履齋。

⓬ 後不如今今非昔：語出王羲之《蘭亭集序》「後之視今，亦猶今之視昔」。此處言當時國事日非，憂慮有每下愈況之勢。

背景

吳文英（約 1200～約 1260），字君特，號夢窗，晚年又號覺翁。四明（今浙江寧波）人。他原出翁姓，後出嗣吳氏。一生未第，遊幕終身，於蘇州、杭州、越州三地居留較久，並以蘇州為中心，北上到過淮安、鎮江，蘇杭道中又歷經吳江、無錫及茹霅二溪。遊蹤所至，每有題詠。晚年一度客居越州，先後為浙東安撫使吳潛及嗣榮王趙與芮門下客。詞風密麗。在南宋詞壇，屬於作品數量較多的詞人，其《夢窗詞》有三百四十餘首。

滄浪亭是蘇州名勝，曾為韓世忠的別墅。這篇詞作的主題由此而發，藉滄浪亭看梅懷念抗金名將韓世忠，並因而感及時事。這種以愛國主義為主題的作品，在《夢窗詞》中實不多見。

旅遊看點

滄浪亭 位於蘇州市三元坊滄浪亭街，是一處始建於北宋的中國古典園林建築，曾為文人蘇舜欽的私人花園，南宋時成為韓世忠的別墅。滄浪亭是蘇州現存諸園中歷史最為悠久的古代園林。滄浪亭與獅子林、拙政園、留園並列為蘇州宋、元、明、清四大園林，園內除滄浪亭本身外還有印心石屋、明道堂、看山樓、面水軒、翠玲瓏、觀魚處、仰止亭、五百名賢祠、瑤華境界等建築和景觀。

滄浪亭為全國重點文物保護單位。2000 年作為世界文化遺產蘇州古典園林增補項目，被聯合國教科文組織列入《世界遺產名錄》。

（一五）

蝶戀花

米芾

海岱樓[1]玩月作

千古漣漪[2]清絕地。海岱樓高，下瞰秦淮尾[3]。水浸碧天天似水。廣寒宮闕[4]人間世。

靄靄[5]春和生海市[6]。鼇戴三山[7]，頃刻隨輪至[8]。寶月圓時多異氣[9]。夜光[10]一顆千金貴。

注釋

❶ 海岱（dāi）樓：在江蘇漣水。

❷ 漣漪：實指漣水全境，漣水為水鄉，境內有中漣、西漣、東漣諸水。

❸ 秦淮：河名。流經南京。

❹ 廣寒宮：月中仙宮。中國古代傳說中嫦娥居住的地方。這裏詞人將海岱樓比喻為月亮上的「廣寒宮」。

❺ 靄靄（ǎi）：雲霧密集的樣子。

❻ 海市：海市蜃樓。

❼ 三山：指海中的仙山方壺、瀛洲、蓬萊。

❽ 輪：指代月。

❾ 異氣：指天空出現的特異氣象，祥瑞之象，或大氣中的蜃景影像。

❿ 夜光：月光。

背景

米芾（fú）（1051～1107），自署姓名米或為芊，芾或為黻。北宋書法家、畫家，書畫理論家。祖籍太原，遷居襄陽。世號米顛。書畫自成一家。能畫枯木竹石，時出新意，又能畫山水，創為水墨雲山墨戲，煙雲掩映，平淡天真。善詩，工書法，精鑒別。擅篆、隸、楷、行、草等書體，長於臨摹古人書法，達到亂真程度。書法與蔡襄、蘇軾、黃庭堅合稱「宋四家」之一。

米芾擔任漣水軍使（江蘇漣水）期間，最喜歡登臨遊覽的景點就是海岱樓。這首詞為詞人任內登漣水海岱樓賞月之作。

旅遊看點

漣水　江蘇省淮安市下轄縣，古稱安東，地處江蘇省北部，黃淮平原東部，淮河下游，因縣境有漣河（又名漣水，為沭水入淮的一支）而得名。地處淮安、連雲港、鹽城、宿遷四市交界處。漣水縣是古典文學名著《西遊記》作者吳承恩的祖居地。

漣水名勝古跡眾多。城內有漣漪湖、東湖、茵湖三湖相連。境內主要景點有妙通塔、能仁寺、狀元橋、月塔、米公洗墨池等古跡。

漣水海岱樓　位於江蘇漣水，是著名的風景名勝之地。唐、宋時著名的望海樓，一直是許多文人登覽賦詩的最佳旅遊景點。

唐代詩人杜甫曾以「浮雲連海岱，平野入青徐」來形容它視野遼闊、宏偉壯麗的景觀。米芾時常登樓，眺望淮河入海處遼闊壯麗的景色。它在米芾的詩文中也經常出現，除上首詞外，還有如《焚香帖》（大阪市立美術館藏）「雨三日未解，海岱咫尺不能到」，便提到在淫雨霏霏之日登海岱樓所見迷濛的景致。

漣水五島湖公園　五島由豐樂島、同樂島、米公島、西苑島、夕照島五島組成。公園內還有西照山、同樂堂、瓊花園等，它們自成景區，各有特色，在這山水相間、亭台樓閣互映、島池橋廊點綴其中的園林裏，自然風光秀麗。

漣水五島有漣漪清波、青山夕陽、荷塘月色、湖心攬月、同樂春風、墨池飛霧、妙通神光、北堤松濤八景。

（一六）

側犯

姜夔

詠芍藥

恨春易去，甚春卻向揚州住。微雨，正繭栗[1]梢頭弄詩句。紅橋二十四[2]，總是行雲處。無語，漸半脫宮衣笑相顧[3]。

金壺細葉[4]，千朵圍歌舞。誰念我、鬢成絲，來此共尊俎[5]。後日西園，綠陰無數。寂寞劉郎[6]，自修花譜。

注釋

❶ 蕭栗：本言牛犢之角初生，如蕭如栗，此借用以言花苞之小。

❷ 紅橋二十四：二十四橋為揚州古橋。

❸「無語」二句：言芍藥如半脫宮衣的皇家仕女，縱是無語，已讓人頓時沉醉。

❹ 金壺細葉：紅花需得綠葉襯。

❺ 尊俎（zǔ）：古代盛酒肉的器皿。尊，盛酒器；俎，置肉之几。

❻ 劉郎：劉攽（bān）（1023～1089），字貢夫，號公非。臨江新喻（今江西新余，一說江西樟樹）人。北宋史學家。著有《芍藥譜》。這裏白石道人以「寂寞劉郎」自比。

背景

姜夔，見第三六頁《杏花天影》（綠絲低拂鴛鴦浦）。

這是一首吟詠芍藥風情，描寫揚州景物的詠物詞。姜夔遊歷揚州，一次是宋孝宗淳熙三年（1176），他二十來歲路過這座古城，目睹經過戰火洗劫的蕭條景象；一次是寧宗嘉泰二年（1202），他重遊揚州，已人到中年，時值暮春，芍藥盛開，歌舞滿城，詞人置身於名花傾國之中，頓生遲暮之感，遂成就這首「詠芍藥」的錦繡辭章。

二十四橋　是古代橋樑建築的傑作，位於江蘇省揚州市，歷史上的二十四橋早已頹圮於荒煙衰草。二十四橋有二說。一說謂二十四座橋。有茶園橋、大明橋、九曲橋、下馬橋、作坊橋、洗馬橋、南橋、阿師橋、周家橋、小市橋、廣濟橋、新橋、開明橋、顧家橋、通泗橋、太平橋、利園橋、萬歲橋、青園橋、參佐橋、山光橋等二十四座橋，後水道逐漸淤沒。宋元祐時僅存小市、廣濟、開明、通泗、太平、萬歲諸橋。現今僅有開明橋、通泗橋的地名，橋已不存在。另一說橋名為「二十四」，或稱二十四橋。

現今揚州在瘦西湖重修了二十四橋。景點主要有新建二十四橋、玲瓏花界、熙春台、十字閣、重簷亭、九曲橋，後又續建望春樓、棧橋、靜香書屋等。

（一七）

水調歌頭

張孝祥

金山觀月

江山自雄麗，風露與高寒[1]。寄聲月姊[2]，借我玉鑑[3]此中看。幽壑魚龍悲嘯，倒影星辰搖動，海氣夜漫漫[4]。湧起白銀闕[5]，危駐[6]紫金山。

表獨立[7]，飛霞珮，切雲[8]冠。漱冰濯[9]雪，眇視[10]萬里一毫端。回首三山何處，聞道羣仙笑我，要[11]我欲俱還。揮手從此去，翳鳳[12]更驂鸞[13]。

注釋

❶ 風露與高寒：夜間登臨時風露與春寒的感覺。

❷ 月姊（zǐ）：指姐姐，也指同輩女朋友親熱的稱呼。以此稱謂表達要對月傾吐心聲。

❸ 玉鑒：玉鏡。

❹「幽壑魚龍」三句：具體描繪登山寺所見的各種景象，無數星辰倒映在浩渺的江面上隨微波搖動，山下的煙霧一片迷漫，似乎能聽到深水溝壑裏的魚龍的悲嘯。

❺ 白銀闕：借指金山寺。

❻ 危駐：猶高駐。

❼ 表獨立：卓然而立。

❽ 切雲：古代一種高冠的名稱。

❾ 濯（zhuó）：洗。

❿ 眇（miǎo）視：輕視。

⓫ 要：同邀。

⓬ 翳（yì）鳳：以鳳羽作華蓋。

⓭ 驂（cān）鸞：用鸞鳥來駕車。

背景

張孝祥，見第四二頁《西江月》（問訊湖邊春色）。

詞人在乾道三年（1167）三月中旬，舟過金山，登臨山寺，夜觀月色，江水平靜，月色皎潔，如同白晝，此情此景，心中生起無限的遐想和情思，於是寫下此詞。上闋描寫雄麗的長江夜景。下闋接前結山上意指，寫詞人在山頭觀月的遐想，由自然景象的描寫轉而抒發富有浪漫氣息的感情。

旅遊看點

金山　在江蘇鎮江。宋時原本矗立在長江之中，後經泥沙沖合，遂與南岸毗連。

金山作為「京口三山」之首，位於鎮江市區西北部。原是揚子江中的惟一島嶼，「萬川東注，一島中立」，有江心一朵「芙蓉」之美稱。宋朝沈括「樓台兩岸水相連，江南江北鏡裏天」的詩句，就是對當年金山的寫照。金山之巔矗立着慈壽塔、江天一覽亭、留玉閣；大、小觀音閣圍繞山頂。

鎮江三山風景名勝區（金山—北固山—焦山）2012 年被列為 5A 級旅遊景區。

金山寺　金山上之金山寺為著名古剎。千年古剎金山寺有着「寺裹山」的獨特景象，被譽為佛教禪宗四大叢林之一。

金山寺建於東晉，至今已有 1600 多年歷史。原名澤心寺，南朝、唐朝時稱金山寺。是中國佛教誦經設齋、禮佛拜懺和追薦亡靈的水陸法會的發源地。在佛教禪宗寺廟中有着卓著的地位，是中國有名的古剎。金山寺與普陀寺、文殊寺、大明寺並列為中國的四大名寺。金山寺寺門朝西，依山而建，殿宇櫛比，亭台相連，遍山佈滿金碧輝煌的建築。金山寺建築風格獨特，加上慈壽塔聳立於金山之巔，拔地而起，突兀雲天。金山寺廟宇規模宏大，全盛時期有和尚 3000 多人，參禪的僧侶達數萬人。

（一八）

永遇樂

辛棄疾

京口[1]北固亭[2]懷古

千古江山，英雄無覓，孫仲謀處[3]。舞榭歌台[4]，風流總被，雨打風吹去。斜陽草樹，尋常巷陌[5]，人道寄奴[6]曾住。想當年，金戈鐵馬，氣吞萬里如虎[7]。

元嘉[8]草草[9]，封狼居胥[10]，贏得倉皇北顧[11]。四十三年[12]，望中猶記，烽火揚州路[13]。可堪回首[14]，佛狸祠[15]下，一片神鴉[16]社鼓[17]。憑誰問，廉頗老矣，尚能飯否？

注釋

❶ 京口：古城名，今江蘇鎮江。

❷ 北固亭：原址位於今江蘇鎮江北固山上。

❸ 孫仲謀：三國時的吳王孫權，字仲謀，曾建都京口。

❹ 舞榭歌台：演出歌舞的台榭。這裏代指孫權故宮。

❺ 尋常巷陌：極窄狹的街道。尋常，古代指長度，八尺為尋，倍尋為常。

❻ 寄奴：南朝宋武帝劉裕小名。

❼「想當年」三句：劉裕曾兩次領兵北伐，收復洛陽、長安等地。金戈鐵馬：這裏指代精銳的部隊。金戈，用金屬製成的長槍。鐵馬，披着鐵甲的戰馬。

❽ 元嘉：元嘉是劉裕子劉義隆年號。

❾ 草草：輕率。

❿ 封狼居胥：狼居胥山在內蒙古自治區西北部。漢武帝元狩四年（前 119）遠征匈奴獲勝，「封狼居胥山，禪於姑衍」。古時用這個方法慶祝勝利。

⓫ 贏得：剩得，落得。

⓬ 四十三年：詞人於宋高宗趙構紹興三十二年（1162）從北方抗金南歸，至寫這首詞時的宋寧宗趙括開禧元年（1205），共 43 年。

⓭ 路：宋朝時的行政區劃，揚州屬淮南東路。

⓮ 可堪：怎能忍受得了。

⓯ 佛（bì）狸祠：北魏太武帝拓跋燾小名佛狸。450 年，他反擊劉宋時在長江北岸瓜步山建立行宮，即後來的佛狸祠。

⓰ 神鴉：指在廟裏吃祭品的烏鴉。

⓱ 社鼓：祭祀時的鼓聲。

背景

辛棄疾，見第三四頁《念奴嬌》（我來弔古）。

這首詞寫於宋寧宗開禧元年（1205），辛棄疾 66 歲。當時韓侂胄（tuō zhòu）執政，正積極籌劃北伐，閑置已久的辛棄疾於前一年被起用為浙東安撫使，這年又受命擔任鎮江知府，戍守江防要地京口。辛棄疾支持北伐抗金的決策，但是反對獨攬朝政的韓侂胄輕敵冒進的做法，認為不能草率從事，否則難免重蹈覆轍。辛棄疾的意見並沒有引起南宋當權者的重視。一次他來到京口北固亭，登高眺望，懷古憶昔，心潮澎湃，感慨萬千，於是寫下了這首千古佳作。

旅遊看點

北固亭　位於江蘇省鎮江市北固山上，北臨長江，又稱北顧亭。最初修建年代未知，新亭重建於明朝崇禎年間，又稱凌雲亭、摩天亭、天下第一亭。北固亭上，有一副楹聯。上聯是「客心洗流水」，下聯是「蕩胸生層雲」。晝夜不息的江水，滌蕩着人們的心懷，也激動了人們的遐思。縱橫三百里，俯仰兩千年，真如層雲在胸，盤旋不已。

京口　現為鎮江市京口區。京口，漢稱京口里，位於鎮江城區。京口是鎮江古稱，西周時屬宜的封地。東吳孫權築鐵甕城，置京口鎮。晉時置晉陵郡，南朝宋置南徐州，隋置潤州，宋升潤州為鎮江府，並沿用至今。京口區位於長江下游南岸、古運河以東，「十字黃金水道」長江和京杭大運河在境內交匯，是連接蘇南、蘇北物資流通和經濟協作的樞紐地帶。轄區內焦山、北固山沿長江分佈，以「城市山林，大江風貌」聞名於世，有着「天下第一江山」的美譽。

（一九）

賀新郎

多景樓落成

笛叫東風起[1]。弄尊前、楊花小扇，燕毛初紫[2]。萬點淮峯[3]孤角外[4]，驚下斜陽似綺[5]。又婉娩、一番春意。歌舞相繆[6]愁自猛，捲長波、一洗空人世[7]。閑熱我，醉時耳。

綠蕪冷葉[8]瓜州市。最憐予、洞簫聲盡，闌干獨倚。落落東南牆一角，誰護山河萬里！問人在、玉關歸未[9]？老矣青山燈火客，撫佳期[10]、漫灑新亭淚[11]。歌哽咽，事如水！

李演

注釋

❶ 叫：喚起。

❷ 燕毛初紫：紫燕初長成。

❸ 淮峯：事實上是些低矮的小丘。南宋原與金國約定以淮河為界，鎮江西北兩百餘里外的泗州，已非宋土，此時亦歸於蒙古，長江以北至淮河南岸，界屬南宋的淮南東路，都是平原地區，可以說無險可守。

❹ 孤角：指日落時軍中的號角。

❺ 綺（qǐ）：有文彩的絲織品。

❻ 相繆（móu）：相繚、纏綿之意。

❼「捲長波」二句：是詞人的願望。

❽ 綠蕪冷葉：言瓜州沒有甚麼軍事設施。

❾ 問人在、玉關歸未：「玉關」人未歸，感歎關塞戍卒，頭白守邊。

❿ 佳期：此處指恢復中原之期。

⓫ 漫灑新亭淚：用「新亭對泣」的典故表示痛心國難而無可奈何的心情。新亭：古地名，故址在南京市南。

背景

李演（生卒年不詳），約宋理宗寶祐末年（1258）前後在世。字廣翁，號秋堂。工詞，其詞以工巧妍麗見長，亦有悲涼感世之作。

宋理宗淳祐年間，鎮江知府重修多景樓，設宴慶祝落成，一時席上皆湖海名流。李演此詞，即作於此時。當時宋國勢衰落，雖金國已亡，但蒙古崛興，對南宋的壓迫較前更甚。鎮江居形勝之地，守臣不事戰備，卻修飾名樓⋯⋯李演這首詞，對景抒懷，興盡悲來，念及國事，格調沉鬱，微婉深諷，悲慨淋漓，真實地吟詠出特定時代的蕭颯之聲。

多景樓　在江蘇省鎮江市北固山甘露寺內，古名北固樓，亦稱春秋樓、相婿樓、梳妝樓。它是古代「萬里長江三大名樓」之一，與洞庭湖畔的岳陽樓、武漢市的黃鶴樓齊名。多景樓因米芾題書「天下江山第一樓」匾額而聞名，素有「天下第一江山樓」之稱。

多景樓創建於唐代，樓名取自唐朝宰相李德裕《臨江亭》「多景懸窗牖」詩句。樓為兩層飛簷樓閣建築，迴廊四通，面面皆景。多景樓是北固山風景最佳登覽勝地，宋代以來歐陽修、蘇東坡、沈括、米芾、辛棄疾、陳亮、陸游、劉過，元、明、清眾多文人雅客，都在這裏留下詩篇。

鎮江焦山公園　位於江蘇省鎮江市京口區境內。主要山景是焦山。此外還有許多珍貴文物和著名古跡，摩崖石刻，碑林墨寶，為江南第一大碑林。

焦山公園多禪寺、精舍、亭台樓閣。寺庵有定慧寺、別峯庵等。亭台樓閣有華嚴閣、文昌閣等。公園內還有古樹木（六朝柏、宋代槐、明代銀杏）、古碑刻崖銘等景物。公園景點有不波亭、東泠泉、觀瀾閣、焦山古炮台、三詔洞、壯觀亭、萬佛塔、百壽亭等。

（二〇）

水調歌頭

程玭

登甘露寺多景樓望淮有感

天地本無際，南北竟誰分[1]。樓前多景，中原一恨杳[2]難論。卻似長江萬里，忽有孤山兩點，點破水晶盆[3]。為借鞭霆力[4]，驅去附崑崙。

望淮陰，兵冶處[5]，儼然存。看來天意，止欠士雅與劉琨[6]。三拊[7]當時頑石[8]，喚醒隆中一老[9]，細與酌芳尊。孟夏[10]正須雨[11]，一洗北塵[12]昏。

注釋

❶「天地」二句：說天地之中（指中國）本來沒有交界，是誰竟然將其分為南北兩部分。

❷ 杳：深遠。

❸「卻似長江萬里」三句：暗指金甌有缺。

❹ 鞭霆力：鞭撻雷霆的力量。

❺ 兵冶處：冶煉兵器之處。這裏指冶城（今江蘇南京六合區東），漢代吳王濞在此冶鑄錢幣兵器。

❻「看來天意」二句：說收復中原是天意，只是缺少像晉代祖逖、劉琨那樣的愛國之士。士雅：祖逖字士雅。

❼ 拊：擊、拍。

❽ 頑石：指諸葛亮曾壘石列戰陣於江邊，即所謂「八陣圖」。

❾ 隆中一老：指諸葛亮，他早年隱居隆中（今湖北襄陽西）。

❿ 孟夏：夏季第一個月。

⓫ 雨：指南宋軍隊。

⓬ 北塵：指金國。這兩句是說正如夏天需要雨水，當時局勢亦需要南宋軍隊出師北上，把金國統治下的中原人民從苦難中解救出來。

背景

程珌（1164～1242），字懷古，號洺水遺民，休寧（今屬安徽）人。存詞四十三首。有《洺水集》六十卷，已佚。《宋史》卷四二二有傳。

這首詞抒發興廢之感，也還同「望淮」有關。淮河本來是中國南方的一條內河，但在南宋卻成了宋金以和約方式議定的疆界。程珌登多景樓而望淮河。

甘露寺　坐落在長江之濱的北固山，雄踞在北固山後峯的頂上，所以北固山有「寺冠山」之說。相傳始建於三國東吳甘露元年（265），後屢廢屢建，包括大殿、老君殿、觀音殿、江聲閣等。

甘露寺鐵塔，始建於宋代，九級八面，造型精美。原塔在明代因海嘯傾塌，僅遺存有最下三層。1960 年鎮江文管會在修復甘露寺鐵塔時，在塔基三尺半處發現地宮。地宮內放置有一長方形石函，大石函中有小石函數隻。從石函中發掘出 700 多顆佛舍利，其中最珍貴的是一隻石函中以金棺銀槨瘞（yì）埋，後來被學者證實的 11 顆釋迦牟尼佛祖舍利。

古淮河文化生態景區　位於江蘇省淮安市清河新區，景區是一處生態優良、景觀優美的生態型園林景區，是全國低碳旅遊示範區、江蘇自駕遊基地。景區內建有中國淮揚菜文化博物館、中國西遊記博物館、古淮樓·江淮婚俗館、長榮大劇院·荀派藝術館、中國城市化史館、淮安國際攝影藝術館等一批文化旅遊項目。景區將藝術與歷史、生態與文化完美融合，是遊人領略淮安深厚歷史文化以及享受淮揚美食的生態旅遊勝地。

（二一）

水調歌頭

焦山[1]

鐵甕[2]古形勢，相對立金焦[3]。長江萬里東注，曉吹捲[4]驚濤。天際孤雲來去，水際孤帆上下，天共水相邀。遠岫[5]忽明晦，好景畫難描。
混隋陳[6]，分宋魏[7]，戰孫曹[8]。回頭千載陳跡，痴絕[9]倚亭皋。惟有汀邊鷗鷺，不管人間興廢，一抹度[10]青霄。安得身飛去，舉手[11]謝[12]塵囂[13]。

吳潛

注釋

❶ 焦山：在今江蘇鎮江市東，屹立長江中。

❷ 鐵甕：指鎮江古城，是三國孫權所建，十分堅固，當時號稱鐵甕城。

❸ 金焦：金山、焦山，二山均屹立於大江中（金山現已淤連南岸），西東相對，十分雄偉。

❹ 曉吹：晨風。

❺ 岫（xiù）：峯巒。

❻ 混隋陳：混，統一。這句說隋滅陳，南北統一。

❼ 分宋魏：南朝劉宋與鮮卑族拓跋氏的魏對峙。

❽ 孫曹：孫權、曹操。

❾ 痴絕：指回想歷代史事時想得出神。

❿ 一抹：形容輕微的痕跡。

⓫ 舉手：分別時的動作。

⓬ 謝：謝，告辭。

⓭ 塵囂（xiāo）：指塵世。塵：塵世、人間。囂：市集，做買賣的地方。

背景

吳潛（1195～1262），字毅夫，號履齋，溧水（今屬江蘇）人，居德清（今屬浙江）。與姜夔、吳文英等交往，但詞風卻更近於辛棄疾。其詞多抒發濟時憂國的抱負與報國無門的悲憤。格調沉鬱，感慨特深。

這首詞為嘉熙二、三年間（1238～1239）吳潛任鎮江知府時所作。鎮江風景壯麗，地處吳頭楚尾、南北要衝，自古即兵家爭雄之所，也是文人墨客會聚之區。這裏的古跡和流傳的佳話很多，形成了特殊的歷史文化氛圍，文人到此，無不受到強烈感發，「情動於中而形於言」，遂有很多篇什傳世。吳潛在此作的詞就有十餘首，這是其中之一。這首詞由寫景、懷古、抒情三者組成，層層生發，一氣呵成，顯得十分自然。詞人用明淨、圓熟的語言，創造了一個高遠、清新的意境，表現了豪邁、開朗的胸襟。

旅遊看點

鎮江鐵甕城　又名京（京口）城、子城，位於鎮江市區。是保存至今的三座三國時期的東吳古都之一，以建造年代最早、保存的遺跡最完整，並惟一建有砌築護城磚牆而獨具特色。鐵甕城遺址出土了一批具有六朝以至於漢末、三國時代特徵的遺物，主要有磚（磚有文字磚和紋飾磚）、瓦、瓦當、泥製陶、硬陶、釉陶等。

焦山　有樵山、譙山、獅子山、獅岩、雙峯山等名稱，是「鎮江三山」名勝之一，因東漢焦光隱居山中而得名。焦山與對岸象山夾江對峙，聳峙於江心，猶如「中流砥柱」「鎮江之石」。

古焦山十六景有：華嚴月色、定慧潮音、山門松影、庵院槐陰、海雲墨寶、石屋藏銘、西岸遠景、東麓新林、江亭禮佛、岩洞尋仙、自然問道、安隱棲禪、危樓觀日、枯木品香、香林花圃、別峯里園。

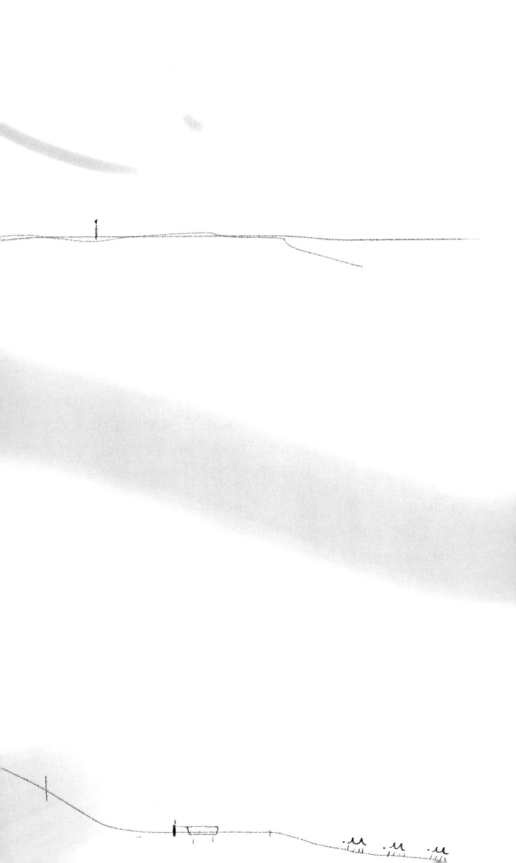

第二章

玉關萬里知何許

宋朝時期，新疆、寧夏為域外之地。新疆出現一些互不統屬的地方政權，寧夏屬於党項人李元昊建立的西夏王朝。青海以湟水為界成為邊陲之地。在這些地域創作的宋詞幾乎沒有，多是在一些詞作中提到，如陸游「想關河：雁門西，青海際」和「關河夢斷何處」、張炎「記玉關踏雪事清遊」、張元幹「悵望關河空弔影」等詞作，或將戎馬生活託之夢寐，或將身世漂萍哀婉寄予國事之悲。也有作品涉及了新疆段的絲綢之路，如劉辰翁「龍沙渺莽」，間接寫到了龍沙白龍堆古絲路。

（一）

夜遊宮

陸游

記夢寄師伯渾[1][2]

雪曉清笳[3]亂起[4]，夢遊處、不知何地。鐵騎無聲[5]望似水。想關河[6]：雁門西[7]，青海際[8]。

睡覺[9]寒燈裏，漏聲斷[10]、月斜窗紙。自許封侯在萬里[11]。有誰知，鬢雖殘[12]，心未死！

注釋

❶ 記夢：記錄夢境。

❷ 師伯渾：師渾甫，字伯渾，四川眉山人。陸游自成都去犍為，識之於眉山。

❸ 雪曉：下雪的早晨。

❹ 笳（jiā）：古代號角一類的軍樂。清笳：清涼的胡笳聲。

❺ 無聲：古代夜行軍，令士卒口中銜枚，故無聲。句意是說披着鐵甲的騎兵，銜枚無聲疾走，望去像一片流水。

❻ 關河：關塞、河防。

❼ 雁門：雁門關。

❽ 青海際：青海湖邊。青海湖，在今青海省。

❾ 睡覺（jué）：睡醒。

❿ 漏：滴漏，古代計時器。古代用銅壺盛水，壺底穿一孔，壺中水以漏漸減，所以計時。漏聲斷：滴漏聲停止，則一夜將盡，天快亮了。

⓫「自許」句：是說自信能在萬里疆場為國殺敵，建功立業。這裏表示要取法班超。

⓬ 鬢殘：此指頭髮脫落稀疏，喻衰老。

背景

陸游（1125～1210），字務觀，號放翁，越州山陰（今浙江紹興）人。陸游詩詞文俱有很高成就，兼具李白的雄奇奔放與杜甫的沉鬱悲涼，尤以飽含愛國熱情對後世影響深遠。

這首詞是孝宗乾道九年（1173）陸游自漢中回成都後所作，主題是夢境。陸游立功報國的信念，始終堅守不移。因壯志不酬，只得託之夢寐，所以其作品具有濃厚的浪漫色彩。

青海湖 藏語名為措溫布，意為「青色的海」。古稱「西海」，又稱「仙海」「鮮水海」「卑禾羌海」。位於青藏高原東北部、青海省境內，是中國最大的內陸湖、鹹水湖，世界上海拔最高的湖泊之一。由祁連山脈的大通山、日月山與青海南山之間的斷層陷落形成。

青海湖鳥島 青海湖湖內島嶼有海心山、海西皮、沙島、三塊石、鳥島，盛夏時節平均氣溫僅 15℃，為天然避暑勝地。其中的鳥島，又名小西山或蛋島（因鳥蛋遍地故名），素有「鳥兒王國」之稱。鳥島位於布哈河口以北 4 公里處。島的東頭大，西頭窄長，形似蝌蚪。鳥島坡度平緩，地表由沙土、石塊覆蓋，島的西南邊有幾處泉水湧流。環境幽靜，水草茂盛，魚類繁多，是鳥類繁衍生息的樂園。鳥島是亞洲特有的鳥禽繁殖所，是中國八大鳥類保護區之首，是青海省對外開放的一個重要地點。

（二）

訴衷情

陸游

當年萬里覓封侯[1]，匹馬戍[2]梁州[3]。關河[4]夢斷何[5]處，塵暗舊貂裘[6]。

胡[7]未滅，鬢[8]先秋[9]，淚空流。此生誰料，心在天山[10]，身老滄洲[11]。

注釋

❶ 萬里覓封侯：奔赴萬里外的疆場，尋找建功立業的機會。
❷ 戍（shù）：守邊。
❸ 梁州：治所在南鄭。
❹ 關河：關塞、河防。一說指潼關黃河之所在。此處泛指漢中前線險要的地方。
❺ 夢斷：夢醒。
❻ 塵暗舊貂裘（diāo qiú）：這裏借用蘇秦典故，說自己不受重用，未能施展抱負。
❼ 胡：古泛稱西北各族為胡，亦指來自彼方之物。南宋詞中多指金人。此處指金入侵者。
❽ 鬢：鬢髮。
❾ 秋：秋霜，比喻年老鬢白。
❿ 天山：在中國西北部，是漢唐時的邊疆。這裏代指南宋與金國相峙的西北前線。
⓫ 滄洲：靠近水的地方，古時常用來泛指隱士居住之地。這裏是指詞人位於鏡湖之濱的家鄉。

背景

陸游，見前篇《夜遊宮》（雪曉清笳亂起）。

這首詞是詞人晚年隱居山陰以後寫的。這期間詞人常常在孤寒之夜，回首往事，夢遊梁州，寫下了一系列愛國詩詞。這首詞作是其中的一篇，飽含着詞人「身老滄洲」有志難伸的感歎，融會着永不衰竭的愛國精神，風骨凜然，悲壯沉鬱，道盡忠憤，令人迴腸盪氣。

旅遊看點

天山　是世界七大山系之一，位於歐亞大陸腹地，東西橫跨中國、哈薩克斯坦、吉爾吉斯斯坦和烏茲別克斯坦四國。博格達峯，坐落在新疆維吾爾自治區阜康市境內，是天山山脈東段的著名高峯。

2013 年，中國境內天山的托木爾峯、喀拉峻—庫爾德寧、巴音布魯克、博格達 4 個片區以「新疆天山」名稱成功申請成為世界自然遺產。天山境域有喀什地區澤普縣金胡楊景區、喀什地區喀什噶爾老城景區、伊犁地區新源縣那拉提旅遊風景區、巴音郭楞蒙古自治州博湖縣博斯騰湖景區、昌吉回族自治州阜康市天山天池風景名勝區、烏魯木齊天山大峽谷、吐魯番葡萄溝風景區 7 個景區被列為 5A 級旅遊景區。

天池　地處天山博格達峯北側，距烏魯木齊市 110 公里。天池古稱「瑤池」，傳說 3000 餘年前穆天子曾在天池之畔與西王母歡筵歡歌，留下千古佳話，使天池贏得「瑤池」美稱。天池是一個由雪山融雪匯集而成的半月形天然高山湖泊。北起石門，南到雪線，西達馬牙山，東至大東溝，素有「天山明珠」美譽。

天池風景區的全稱是昌吉回族自治州阜康市天山天池風景名勝區，以天池為中心，融森林、草原、雪山、人文景觀為一體，形成別具一格的風光特色。天池周圍，還有石門一線、龍潭碧月、頂天三石、定海神針、南山望雪、西山觀松、海峯展、懸泉飛瀑八大景觀。

（三）

賀新郎

張元幹

寄李伯紀丞相[1]

曳杖[2]危樓[3]去。斗垂天[4]，滄波萬頃，月流煙渚[5]。掃盡浮雲風不定，未放扁舟夜渡[6]。宿雁落、寒蘆[7]深處。悵望關河空弔影[8]，正人間鼻息鳴鼉鼓[9]。誰伴我，醉中舞。

十年一夢揚州路[10]，倚高寒[11]、愁生故國，氣吞驕虜[12]。要斬樓蘭[13]三尺劍，遺恨琵琶舊語[14]。謾暗澀[15]銅華[16]塵土。喚取謫仙[17]平章看，過苕溪[18]尚許垂綸[19]否？風浩蕩，欲飛舉。

注釋

❶ 李伯紀：李綱。
❷ 曳（yè）杖：拖着手杖。
❸ 危樓：高樓。
❹ 斗垂天：北斗星座彷彿在夜空中低低地掛在那裏。
❺ 煙渚：煙霧彌漫的水邊小洲。
❻ 扁舟夜渡：語出唐韋應物「春潮帶雨晚來急，野渡無人舟自橫」。
❼ 寒蘆：指深秋的蘆葦。
❽ 弔影：形影相弔。
❾ 鼻息鳴鼉（tuó）鼓：鼻息有如鼉皮蒙的鼓般鳴響。
❿ 路：宋朝行政大區的名稱。
⓫ 高寒：高樓寒氣襲人。
⓬ 驕虜：驕橫的敵人。
⓭ 樓蘭：以樓蘭喻金人。
⓮ 琵琶舊語：這裏借用《昭君怨》典故諷刺南宋朝廷向金統治者屈辱投降。
⓯ 澀：不滑潤。
⓰ 銅華：銅鏽。
⓱ 謫（zhé）仙：指李白。這裏以李白比喻李綱。
⓲ 苕（tiāo）溪：水名，在浙江省。
⓳ 垂綸：垂釣。這裏指隱居。

背景

張元幹（1091～1161），字仲宗，號蘆川居士、真隱山人，晚年自稱蘆川老隱。蘆川永福（今福建永泰嵩口鎮月洲村）人。

張元幹上司李綱（字伯紀）是著名的愛國將領，在欽宗靖康元年（1126）金兵圍攻京城開封時，力主抗戰。張元幹當時是其僚屬。後來李綱被罷免，元幹也連帶獲罪並離京南下。高宗紹興七年

（1137），李綱又被罷回福建長樂。張元幹為此寫了這首詞，對李綱堅決主戰、反對議和的行動表示無限的敬仰，並予以堅決支持。

旅遊看點

樓蘭國遺跡　是西域古城遺跡。名稱最早見於《史記》，曾經為絲綢之路必經之地，現只存遺跡，地處新疆維吾爾自治區巴音郭楞蒙古自治州若羌縣北境，羅布泊的西北角、孔雀河道南岸。

樓蘭國是西域鄯善國古國名，國都樓蘭城（遺址在今新疆羅布泊西北岸）。公元前 77 年樓蘭國更名鄯善國，並遷都泥城，向漢朝稱臣。東當白龍堆，通敦煌，扼絲綢之路的要衝。448 年北魏滅鄯善國。

樓蘭古城遺址　遺址接近正方形，整個遺址散佈在羅布泊西岸的雅丹地貌羣中，幾乎全部為流沙所掩埋。城牆用黏土與紅柳條相間夯築。有古運河從西北至東南斜貫全城。運河東北有一座八角形的圓頂土坯佛塔。塔南的土台上，有一組高大的木構建築遺跡，曾出土漢文、佉盧文文書及簡牘、五銖錢、絲毛織品、生活用具等。城中出土的各種文書、簡牘，被稱作羅布泊文書。樓蘭古城遺址主要景點有輪台古城、且末遺址、古墓葬羣、古烽燧、木乃伊、古代岩壁畫等。

（四）

沁園春

劉辰翁

送春

春，汝歸歟[1]？風雨蔽江，煙塵暗天。況雁門[2]阨塞[3]，龍沙[4]渺莽[5]，東連吳會[6]，西至秦川[7]。芳草迷津[8]，飛花擁道[9]，小為[10]蓬壺[11]借百年。江南好，問夫君[12]何事，不少留連？

江南正是堪憐！但滿眼楊花化白氈[13]。看兔葵[14]燕麥[15]，華清宮裏；蜂黃蝶粉[16]，凝碧池邊[17]。我已無家，君歸何里？中路徘徊七寶鞭[18]。風回處，寄一聲珍重，兩地潸然！

注釋

❶ 汝歸歟（yú）：你要走了嗎？歟：文言句末語氣助詞，表示疑問、感歎、反詰等語氣。

❷ 雁門：雁門關，在山西北部代縣境內。

❸ 阨（è）塞：險塞。

❹ 龍沙：白龍堆沙漠的縮稱，在新疆境內。

❺ 渺莽：遼闊迷茫。

❻ 吳會：漢代對吳郡、會稽郡的合稱。即今江蘇南部及浙江部分地區。

❼ 秦川：指東起潼關、西至寶雞，號稱八百里的渭水流域。

❽ 津：渡口。

❾ 飛花擁道：落花遮住了道路。

❿ 小：通「少」。

⓫ 蓬壺：蓬萊和方壺。古代傳說中的海上仙山。

⓬ 夫君：那人。「夫」為指示代詞。「君」為尊稱，這裏指春。

⓭ 楊花化白氈：以春光老盡，喻國破家亡。

⓮ 兔葵：葵菜，俗名木耳菜。

⓯ 燕麥：野麥。

⓰ 蜂黃蝶粉：指靦顏事仇、趨炎附勢的宋朝降臣。

⓱ 凝碧池：在唐朝東都洛陽。

⓲ 七寶鞭：運用晉明帝的典故。這裏指值得珍惜流連的景物。

背景

劉辰翁（1232～1297），字會孟，號須溪，廬陵（今江西吉安）人。

劉辰翁在南宋滅亡之後，寫了許多情辭悲苦的作品反映其亡國之痛。這首詞，在寫為春天無奈送行又深致挽留的複雜情緒中，淒切婉轉地抒發了亡國之痛；同時運用多種手法展現了內涵深厚、氣象雄渾的豪放詞的新風格。

旅遊看點

龍沙 即白龍堆沙漠，位於新疆羅布泊北部，是一片鹽鹼地土台羣，黏土壟脊和土墩的頂面由石膏和鹽結塊形成方山。白龍堆在歷史典籍上被描繪成險惡區域，直到今天仍是一處無人區域。

白龍堆綿亙近百公里，橫卧於羅布泊地區的東北部，是羅布泊三大雅丹羣之一。白龍堆土台由沙礫、石膏泥和鹽鹼構成，顏色呈灰白色，反射陽光時閃出鱗甲般的銀光，被古人稱為「白龍」。

白龍堆古絲路 古絲綢之路進入羅布泊中道後，從白龍堆中穿過。絲綢之路西部，在漢代著名的是天山以南的南、北兩道。以後天山以北的一條絲綢之路被稱新北道。隋唐把這三條路線依次稱南道、中道（漢代稱北道）、北道（新北道）。白龍堆地處南道路段，南道東自陽關，西至帕米爾，由東往西，出陽關後，經白龍堆沙漠南緣首先到達鄯善（今新疆若羌）。

白龍堆絲路由東向西穿過白龍堆後，絲路古道在此分岔，一條向西南至樓蘭或向西至營盤尉犁，一條向北翻過庫魯克塔格山達吐魯番。

（五）

滿江紅

岳飛

寫懷

怒髮衝冠[1]，憑欄處、瀟瀟[2]雨歇。抬望眼，仰天長嘯[3]，壯懷激烈。三十功名塵與土[4]，八千里路雲和月[5]。莫等閑[6]，白了少年頭，空悲切。

靖康恥[7]，猶未雪。臣子恨，何時滅！駕長車，踏破賀蘭山缺[8]。壯志飢餐胡虜肉，笑談渴飲匈奴血。待從頭收拾舊山河，朝天闕[9]。

注釋

❶ 怒髮衝冠：氣得頭髮豎起，以至於將帽子頂起。形容憤怒至極。
❷ 瀟瀟：形容雨勢急驟。
❸ 長嘯：大聲呼叫。
❹ 三十功名塵與土：三十年來建立的功名，如同塵土。
❺ 八千里路雲和月：形容路途遙遠、披星戴月的南征北戰。
❻ 等閑：輕易，隨便。
❼ 靖康恥：宋欽宗靖康二年（1127），金兵攻陷汴京，虜走徽、欽二帝，史稱「靖康之變」。
❽ 賀蘭山：一說在今寧夏，一說在河北省磁縣。
❾ 天闕（què）：宮殿前的樓觀。闕：宮闕、城闕的意思。

背景

岳飛（1103～1142），字鵬舉，相州湯陽（今河南安陽湯陰）人，南宋抗金名將，中國歷史上著名軍事家、戰略家，民族英雄，位列南宋中興四將之一。

這首詞作的創作背景一說是 1136 年（紹興六年）。這年岳飛第二次出師北伐，攻佔了伊陽、洛陽、商州和虢州，繼而圍攻陳、蔡地區。此次北伐，岳飛壯志未酬，鎮守鄂州時寫下了這首千古絕唱《滿江紅》。詞作筆力沉雄，情致深婉，壯志凌雲，氣吞山河，具有激奮人心、鼓舞鬥志的巨大能量。

寧夏有賀蘭山，河北省磁縣也有賀蘭山。岳飛《滿江紅》詞中賀蘭山之地名所屬被學界爭論不休。本書不採用任何觀點，將詞作放在寧夏之處，對兩座賀蘭山均加以介紹。

寧夏賀蘭山 又稱阿拉善山，位於寧夏回族自治區與內蒙古自治區交界處，綿延五百餘里。橫亙在寧夏平原西部的賀蘭山，既遏制騰格里沙漠的東移，也削弱了西北高寒氣流襲擊。賀蘭山成為我國河流外流區與內流區的分水嶺、季風氣候和非季風氣候的分界線。另外，賀蘭山除了是騰格里、毛烏素、烏蘭布和三大沙漠的分界線，還是一道人文分界線，東為半農半牧區，西為純牧區。

河北省磁縣賀蘭山 距河北省邯鄲市磁縣城西北 30 華里。東起邯鄲市馬頭鎮車騎關，西至磁縣林壇鎮李兵莊。山北麓緊瀕忙牛河（古名賀蘭河），河北邊有東、西賀蘭兩個自然村。據載，宋代有一位名叫賀蘭的道人在此修煉，故為賀蘭山。另有一說，因山上長有一種花叫賀蘭而得名。賀蘭積雪被列為古磁州八景之一。

據說岳飛當年在磁州屯兵打仗，在磁縣至今還留有遺跡。磁縣有岳城、候召等地名，傳說位於縣城西南的岳城是岳飛在此駐兵而得名。村北有岳飛駐兵城寨遺址。縣城東的東、西、小候召是以岳軍曾在此等候朝廷詔旨而得名。

（六）

八聲甘州

張炎

辛卯歲[1]，沈堯道[2]同余北歸[3]，各處杭越[4]。逾歲，堯道來問寂寞，語笑數日。又復別去。賦此曲，並寄趙學舟[5]。

記玉關[6]踏雪事清遊，寒氣脆貂裘。傍枯林古道，長河[7]飲馬，此意悠悠。短夢依然江表[8]，老淚灑西州[9]。一字無題處，落葉都愁。

載取白雲[10]歸去，問誰留楚佩[11]，弄影中洲？折蘆花贈遠，零落一身秋。向尋常野橋流水，待招來，不是舊沙鷗。空懷感，有斜陽處，卻怕登樓[12]。

注釋

❶ 辛卯歲：元世祖至正辛卯年（1291）。

❷ 沈堯道：名欽，張炎詞友。

❸ 北歸：1290 年，張炎同沈堯道等人同赴元都為朝廷書寫金字《藏經》，於次年從北方回歸南方。

❹ 各處杭越：沈堯道回南方後居住杭州，張炎居住越州。

❺ 趙學舟：名與仁，亦為張炎赴北寫經之伴。

❻ 玉關：玉門關，也用玉關泛指北方。

❼ 長河：指黃河。

❽ 江表：江南，指長江以南的地區。

❾ 西州：西周古城名，在今南京市西。

❿ 白雲：象徵隱居山林。

⓫ 楚佩：為詠深切之情誼的典故。

⓬ 登樓：指漢末王粲避亂客荊州，思歸，作《登樓賦》之事。

背景

張炎（1248～1320？），字叔夏，號玉田，晚年號樂笑翁。祖籍鳳翔成紀（今甘肅天水），寓居臨安（今浙江杭州）。張炎是南宋著名的格律派詞人，文學史上把他和姜夔並稱為「姜張」。

1290 年，張炎和友沈堯道等應召同赴元都（今北京）為元朝廷寫金字《藏經》，於次年回歸南方。之後張炎在越州（今浙江紹興）居住，和沈堯道及趙學舟都有詞作往來，這首詞即作於此時。詞作先悲後壯，先友情而後國恨，實虛變換，張弛有度。故舊老友之情淒清綿邈，身世飄零之悲哀婉動人，國事衰敗之痛怨悱悲愴。

旅遊看點

玉門關 中國漢代長城關隘及障塞烽燧（烽火台）遺址，位於甘肅省敦煌市北境。史籍記載，漢武帝為抗禦匈奴，聯絡西域各國，隔絕羌、胡，開闢東、西交通，在河西「列四郡，據兩關」，分段修築障塞烽燧。

隋唐時期的玉門關於鎖陽城北即安西縣城東的疏勒河（葫蘆河）岸雙塔堡附近移至漢玉門關東。這裏處交通樞紐，其四周山頂、路口、河口要隘處今仍存古烽燧 11 座，如苜蓿烽、亂山子七烽等。關址於 1958 年修建雙塔水庫時被淹。

漢玉門關遺址 一名小方盤城，位於甘肅省敦煌市城西北 80 公里的戈壁灘上，是長城西端重要關口。

現存漢代玉門關遺址，城垣較完整，呈方形，為黃膠土築成，西牆、北牆各開一門。城北坡下有東西大車道，是歷史上中原和西域諸國來往及郵驛之路。出土了毛筆、硯台、織錦、狩獵工具、西漢紙、漢簡等文物。漢簡內容豐富，有詔書、奏記、檄文、律令、藥方等。

第三章

渺渺楚天闊，秋水去無窮

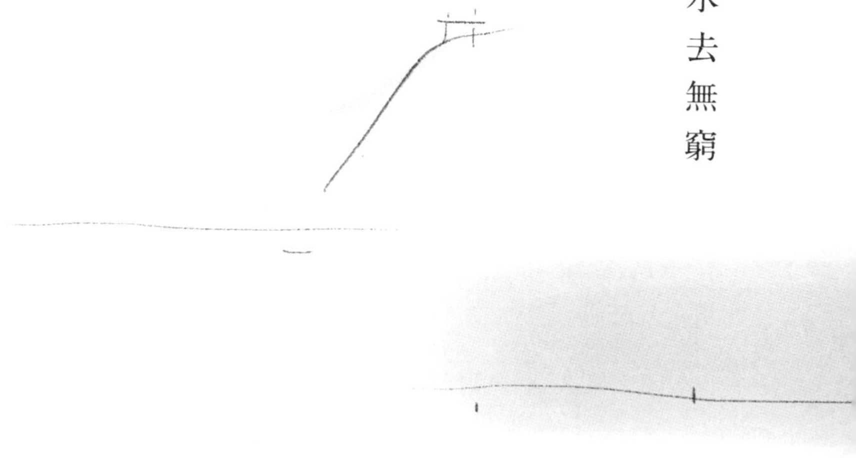

重慶、湖南、湖北、安徽屬長江旅遊一線。相關宋詞中主要涉及了重慶、湖南（長沙、衡陽、岳陽、湘陰、常德、郴州）、湖北（武昌、漢陽、黃石、武陵、襄陽、荊州、孝感、黃岡）、安徽（巢湖、壽縣、馬鞍山、黃山、滁州、潁州、來安）等地。詞作或抒發建功立業的豪情；或表達理想幻滅，淒黯逼仄的末世情懷；或寄情山水，借景抒情，託古諷今；或寄物託身，慨歎別愁離恨、身世飄零之感；或傳遞淒苦、哀怨、憂慮、激憤之聲；或追求歸隱山林、超塵脫俗的「出世」理念。

（一）

水調歌頭

葛長庚

江上春山遠，山下暮雲長。相留相送，時見雙燕語風檣[1]。滿目飛花萬點[2]，回首故人千里，把酒沃[3]愁腸。回雁峯[4]前路，煙樹正蒼蒼。

漏聲殘，燈焰短，馬蹄香[5]。浮雲飛絮[6]，一身將影向瀟湘[7]。多少風前月下，迤邐[8]天涯海角，魂夢亦淒涼。又是春將暮，無語對斜陽[9]。

注釋

❶ 雙燕語風檣：借物寫人，從側面補敘「相留相送」的情誼。檣：船上的桅杆，代指帆船。

❷ 飛花萬點：隱含了杜甫《曲江》詩「一片花飛減卻春，風飄萬點正愁人」的「愁」字意。

❸ 沃：灌溉，澆。

❹ 回雁峯：為衡山七十二峯之首，相傳秋雁南飛，至此而返。

❺ 漏、燈、馬：以此三種事物表現行人單調的旅途生涯。

❻ 浮雲飛絮：比喻旅人。

❼ 瀟湘：湘江的別稱。

❽ 迤邐（yǐ lǐ）：也作「迤里」或「池邐」，曲折連綿。也有漸次、逐漸等意思。

❾ 無語對斜陽：以形象結尾，景中有情，可收動盪、迷離雙效。

背景

葛長庚（1194～？），又名白玉蟾，字如晦、紫清、白叟、蠙庵，號海瓊子、海南翁、武夷散人、神霄散吏。南宋時人，祖籍福建閩清，生於瓊州（今海南瓊山），一說福建閩清人。幼聰慧，諳九經，能詩賦，長於書畫。

白玉蟾詞的特點是語言講究，工於推敲。詞人雲遊四方，受道士生活的熏陶，因而他的作品清雋飄逸。這首詞賦離愁，從「春山」「暮雲」以下，連續選用愁悶景物，間用比興與直接抒寫之法，寫得愁腸百轉，深沉鬱結。

衡山　又名南嶽、壽嶽、南山，為中國「五嶽」之一，位於中國湖南省中部偏東南部，綿亙於衡陽、湘潭兩盆地間，主體部分在衡陽市南嶽區和衡山、衡陽縣境內。為國家級風景名勝區，國家級自然保護區，5A 級旅遊景區。

衡山是中國著名的道教、佛教聖地，環山有寺、廟、庵、觀 200 多處。衡山是上古時期君王唐堯、虞舜巡疆狩獵祭祀社稷，夏禹殺馬祭天地求治洪方法之地。衡山山神是民間崇拜的火神祝融。道教「三十六洞天，七十二福地」，有四處位於衡山之中，佛祖釋迦牟尼兩顆真身舍利子藏於衡山南台寺金剛舍利塔中。

衡山主要山峯有回雁峯、祝融峯、紫蓋峯、嶽麓山、天柱峯、石廩峯等。佛教文化、道教文化、福壽文化、書院文化等多種文化豐富多彩。主要景點有藏經殿、方廣寺、萬壽大鼎、水簾洞、大善寺、南嶽大廟等。

回雁峯　居衡山七十二峯之首，故稱南嶽第一峯。坐落於衡陽市雁峯區湘江之濱，為市級重點文物保護單位。

回雁峯峯名傳說有二：一曰北雁南來，至此越冬，待來年春暖而歸；二曰山形似一隻鴻雁伸頸昂頭，舒足展翅欲騰空飛翔。古城衡陽也因此峯冠以「雁城」之雅稱。回雁峯，就地理位置來講，是南嶽七十二峯之從南到北的首峯，與祝融、天柱、嶽麓諸峯同負盛名。南嶽「香文化」歷史悠久，歷來有南嶽進香自第一峯開始之說。千年古剎雁峯寺坐落於回雁峯上，迄今已有 1500 年的歷史。

（二）

念奴嬌

過洞庭

洞庭青草[1]，近中秋、更無一點風色。玉鑒瓊田[2]三萬頃，着我扁舟一葉。素月分輝，明河共影，表裏俱澄澈。悠然心會，妙處難與君說。

應念嶺表[3]經年[4]，孤光自照，肝膽皆冰雪。短髮蕭疏[5]襟袖冷，穩泛滄浪[6]空闊。盡吸西江，細斟北斗，萬象為賓客[7]。扣舷獨嘯，不知今夕何夕。

張孝祥

注釋

❶ 洞庭青草：湖南北洞庭湖、南青草湖兩岸相連。
❷ 瓊：狀潔白。
❸ 嶺表：兩粵之地，北依五嶺，南臨南海，稱「嶺海」。
❹ 經年：經過一年。
❺ 蕭疏：稀疏，稀少。
❻ 滄浪：青蒼色的水。這裏意在輕波泛舟。
❼ 萬象為賓客：以自己做主人，故萬物皆為賓客。

背景

張孝祥，見第四二頁《西江月》（問訊湖邊春色）。

這首詞是張孝祥的代表作，歷代廣泛傳誦。宋孝宗乾道二年（1166），張孝祥因受政敵讒害而被免職。他從桂林北歸，途經洞庭湖，即景生情，寫下這首詞，抒發了高潔忠貞的豪邁氣概。通篇景中見情，筆勢雄奇，境界空闊。

旅遊看點

洞庭湖　位於岳陽市西南，歷史上有雲夢、雲夢澤、九江、五渚、五湖、三湖、重湖、太湖之稱。處於長江中游荊江南岸，跨岳陽、汨羅、湘陰、望城、益陽、沅江、漢壽、常德、津市、安鄉和南縣等縣市。洞庭湖之名，始於春秋、戰國時期，因湖中洞庭山（今君山）而得名。北納長江的松滋、太平、藕池、調弦四口來水，南和西接湘、資、沅、澧四水及汨羅江等小支流，由岳陽市城陵磯注入長江。

洞庭湖是歷史上的戰略要地、中國傳統文化發源地，湖區名勝繁多，以岳陽樓為代表的歷史勝跡是重要的旅遊文化資源；也是中國傳統農業發祥地，是著名的魚米之鄉。洞庭湖大致可分為東洞庭湖、南洞庭湖和西洞庭湖三部分（另有資料指為四部分，還有一部分為大通湖）。主要景點有岳陽樓、君山、南湖、東洞庭湖等。

君山　在洞庭湖中，古稱洞庭山、湘山、有緣山，是八百里洞庭湖中的一個小島，與千古名樓岳陽樓遙遙相對，取意神仙「洞府之庭」。傳說這座「洞庭山浮於水上，其下有金堂數百間，玉女居之，四時聞金石絲竹之聲，徹於山頂」。後因舜帝的兩個妃子娥皇、女英葬於此，屈原在《九歌》中稱之為湘君和湘夫人，故後人將此山改名為君山。由大小 72 座山峯組成，被「道書」列為天下第十一福地。

（三）

柳梢青

戴復古

岳陽樓

袖劍[1]飛吟[2]。洞庭青草[3]，秋水深深。萬頃波光，岳陽樓上，一快披襟[4]。

不須攜酒登臨，問有酒、何人共斟？變盡人間，君山[5]一點[6]，自古如今[7]。

注釋

❶ 袖劍：衣袖裏藏着短劍。

❷ 飛吟：臨風吟唱。

❸ 青草：湖名，是洞庭湖的一部分（在洞庭湖的南頭）。

❹「萬頃波光」三句：是說在岳陽樓上，看到洞庭湖上萬頃波光，披襟當風，長吟一曲，真是平生快事。這裏表現出詞人的豪情壯志。岳陽樓：「江南三大名樓」之一。披襟：散開衣襟。宋玉《風賦》：「有風颯然而至，王乃披襟而當之，曰：『快哉此風！』」

❺ 君山：在洞庭湖中，相傳是湘君出沒之處，故名。

❻ 一點：很小。

❼「變盡人間」三句：是說世事變遷歷盡滄桑，只有湖中君山，自古到今，一直如此。這裏也是對國勢日趨衰頹的感慨。

背景

戴復古（1167～？），字式之，南宋著名江湖派詩人。常居南塘石屏山，故自號石屏、石屏樵隱。天台黃岩（今屬浙江台州）人。一生不仕，浪遊江湖，後歸家隱居。曾從陸游學詩，作品受晚唐詩風影響，兼具江西詩派風格。

戴復古足跡所至，常有吟詠。他遠離官場，心靈自由，情懷超脫，詞人既寄情於奇山異水，又時刻不忘抗金復國大業。登臨岳陽樓之際，其愛國豪情油然而生。這首小令一波三折，筆力跳盪，神氣流行貫注，餘味無窮。

岳陽樓　「江南三大名樓」之一的岳陽樓位於湖南省岳陽市古城西門城牆之上，下瞰洞庭，前望君山，自古有「洞庭天下水，岳陽天下樓」之美譽，與湖北武漢黃鶴樓、江西南昌滕王閣並稱為「江南三大名樓」。為全國重點文物保護單位。

岳陽樓始建於 220 年前後，其前身相傳為三國時期東吳大將魯肅的「閱軍樓」，西晉南北朝時稱「巴陵城樓」。李白賦詩之後，始稱「岳陽樓」。

岳陽樓台基以花崗岩圍砌而成，樓為三層。前人將其建築風格歸納為木質、三層、四柱、飛簷、斗拱、盔頂。據考證，岳陽樓是中國僅存的盔頂結構的古建築。

岳陽樓—君山島景區被列為 5A 級旅遊景區。岳陽樓主要景點有三醉亭、仙梅亭、懷甫亭、小喬墓等。

岳陽樓與「宋代四絕」　宋王辟之《澠水燕談錄・文儒》:「慶曆中，滕子京謫守巴陵，治最為天下第一。政成，重修岳陽樓。屬范文正公為記，詞極清麗，蘇子美書石，邵竦篆額，亦皆一時精筆，世謂之『四絕』云。」

滕子京重修岳陽樓，范仲淹作記，大書法家蘇舜欽《岳陽樓記》書法和邵竦篆刻並稱為「天下四絕」的「四絕碑」，立於岳陽樓。宋神宗年間的一場大火，岳陽樓幾乎毀於一旦，邵竦的真跡也再難以目睹。現存之文由清代文人代為篆刻，至今依然完好。

（四）

水調歌頭

瑤草一何碧[1]，春入武陵溪[2]。溪上桃花無數，枝上有黃鸝。我欲穿花尋路，直入白雲深處，浩氣展虹霓。只恐花深裏，紅露濕人衣[3]。

坐玉石，倚玉枕[4]，拂金徽[5]。謫仙[6]何處，無人伴我白螺杯[7]。我為靈芝仙草[8]，不為朱唇丹臉，長嘯亦何為？醉舞下山去，明月逐人歸。

黃庭堅

注釋

❶ 瑤草：仙草。漢東方朔《東方大中集·與友人書》云：「不可使塵網名鞍拘鎖，怡然長笑，脫去十洲三島，相期拾瑤草，吞日月之光華，共輕舉耳。」

❷ 武陵溪：指代幽美清淨、遠離塵囂的「桃花源」。武陵：郡名，一說在今湖南常德，一說在重慶酉陽，一說在湖北十堰。

❸「紅露」句：化用唐代王維《山中》「山路元無雨，空翠濕人衣」詩句。

❹ 倚：依。一作「欹」。

❺ 金徽：金飾的琴徽，用來定琴聲高下之節。這裏指琴。

❻ 謫仙：謫居人間的仙人。

❼ 螺杯：用白色螺殼雕製而成的酒杯。

❽ 靈芝仙草：靈芝，菌類植物。古人以為靈芝有駐顏不老及起死回生之功，故稱仙草。

背景

黃庭堅（1045～1105），字魯直，自號山谷道人，晚號涪翁，又稱豫章黃先生，洪州分寧（今江西修水）人。北宋詩人、詞人、書法家，為盛極一時的江西詩派開山之祖，與杜甫、陳師道和陳與義素有「一祖三宗」（黃為其中一宗）之稱。與張耒、晁補之、秦觀都游學於蘇軾門下，合稱為「蘇門四學士」。

黃庭堅曾參加編寫《神宗實錄》，以文字譏笑神宗的治水措施，後來又被誣告為「幸災謗國」，因此他晚年兩次被貶官西南。這首詞大約寫於詞人晚年被貶謫時期。詞作為春行紀遊之作，以靜穆平和、俯仰自得而又頗具仙風道骨的風格，把「桃花源」描寫得無一點兒塵俗氣，反映了他出世、入世交相衝撞的人生，表現了他對污濁的現實社會的不滿，以及不願媚世求榮、與世同流合污的品德。

旅遊看點

現在湖南常德、重慶酉陽、湖北十堰都宣稱有桃花源。

湖南常德武陵溪——常德桃花源旅遊景區 湖南常德武陵溪，現闢為常德桃花源旅遊景區，位於湖南省桃源縣西南 15 公里的水溪附近。面臨沅江，背靠武陵羣峯，古樹參天，修竹婷婷，壽藤纏繞，花草芬芳，隱見石級曲徑、亭台碑坊，宛若仙境。桃花源分桃花山、桃源山、桃仙嶺、秦人村四個景區，其中桃花山和秦人村為桃花源的中心，有桃花山牌坊、桃花溪、桃樹林、窮林橋、菊圃、方竹亭、遇仙橋、水源亭、秦人古洞、延至館、集賢祠等景點。

重慶酉陽桃花源 位於渝東南武陵深山中。酉陽桃花源景區由世外桃源、太古洞、酉州古城、桃花源國家森林公園、桃花源廣場、桃花源風情小鎮、二酉山世外桃源文化主題公園和夢幻桃源實景劇八大部分組成。

湖北十堰桃花源 位於湖北省十堰市竹山縣，地處鄂西北山區。境內森林茂盛，地勢險峻，《竹山地名志》記載，桃源村名始於晉代。官渡鎮桃園村有堵河，古稱武陵河，武陵溪上有小武陵峽，兩岸山壁聳立。到達武陵峽谷上游有桃源村。從桃源村山上望向谷底，「豁然開朗，土地平曠，屋舍儼然，有良田、美池、桑竹之屬，阡陌交通，雞犬相聞……」

（五）

踏莎行

秦觀

郴州旅舍[1]

霧失樓台[2]，月迷津渡[3]，桃源望斷無尋處[4]。可堪[5]孤館閉春寒，杜鵑[6]聲裏斜陽暮。

驛寄梅花[7]，魚傳尺素[8]，砌[9]成此恨無重數[10]。郴江幸自[11]繞郴山，為誰[12]流下瀟湘[13]去？

注釋

❶ 郴（chēn）州：今屬湖南。
❷ 霧失樓台：暮靄沉沉，樓台消失在濃霧中。
❸ 月迷津渡：月色朦朧，渡口迷失不見。
❹ 桃源望斷無尋處：拚命尋找也看不見理想的桃花源。桃源：語出晉陶淵明《桃花源記》，指生活安樂、合乎理想的地方。無尋處：找不到。
❺ 可堪：怎堪，哪堪，受不住。
❻ 杜鵑：鳥名，相傳其鳴叫聲像人言「不如歸去」，容易勾起人的思鄉之情。
❼ 驛寄梅花：出自《太平廣記》引《荊州記》曰：「陸凱與范曄相善，自江南寄梅花一枝，詣長安與曄，並贈花詩曰：『折花逢驛使，寄與隴頭人。江南無所有，聊寄一枝春。』」詞人是將自己比作范曄，表示收到了來自遠方的問候。
❽ 魚傳尺素：傳遞書信的代名詞。
❾ 砌：堆積。
❿ 無重數：數不盡。
⓫ 幸自：本自，本來是。
⓬ 為誰：為甚麼。
⓭ 瀟湘：瀟水和湘水。

背景

秦觀（1049～1100），字太虛，又字少游，別號邗（hān）溝居士，世稱淮海先生。北宋高郵（今江蘇）人。北宋文學史上的一位重要作家，被尊為婉約派一代詞宗。蘇軾曾戲呼其為「山抹微雲君」。

這首詞大約作於紹聖四年（1097）春三月，秦觀初抵郴州之時。詞人因黨爭遭貶，遠徙郴州（今屬湖南），精神上倍感痛苦。詞寫客次旅舍的感慨。上闋以虛帶實，寫謫居中寂寞淒冷的環境。下闋化實為虛，由敍實開始，寫遠方友人殷勤致意、安慰。全詞以委婉曲折的筆法，抒發了失意人的淒苦和哀怨的心情，流露了對現實政治的不滿。

旅遊看點

郴州蘇仙嶺　位於郴州市蘇仙區城區。在唐代就享有「天下第十八福地」的美譽。山頂石壁有「壽山」大字石刻。山下造石成山，其上刻有許多「福」字，其字體都出自唐太宗以來十八代名君之手。此山題名「萬福山」。蘇仙嶺從山麓到山頂有桃花居、白鹿洞、三絕碑、景星觀、八字銘、沉香石、蘇仙觀等觀賞遊覽處。

三絕碑，位於白鹿洞附近的石壁上，為摩崖石碑，刻有秦觀《踏莎行・郴州旅舍》詞和蘇軾跋，行書乃米芾手跡。時人稱「秦詞」「蘇跋」和「芾書」為「三絕」。

郴州東江湖　位於湖南省郴州市東北部的資興市境內，是南嶺和羅霄山脈南部（八面山脈和諸廣山脈）合圍成的一個湖，為耒水的源頭之一。為5A級旅遊景區。

東江湖融山、水於一體，挾南國秀色、稟歷史文明於一身，被譽為「人間天上一湖水，萬千景象在其中」。東江湖純淨浩瀚，碧波萬頃，景象萬千。湖區主要景觀有霧漫小東江、東江大壩、龍景峽谷、兜率靈岩、東江漂流、三湘四水、東江湖文化旅遊街（含東江湖奇石館、攝影藝術館、人文瀟湘館）等。

（六）

輪台子

柳永

霧斂[1]澄江，煙消藍光碧[2]。彤霞襯遙天[3]，掩映[4]斷續，半空殘月。孤村望處人寂寞[5]，聞釣叟、甚處一聲羌笛[6]。九疑山[7]畔才雨過，斑竹[8]作、血痕添色。感行客。翻思[9]故國，恨因循[10]阻隔。路久沉消息。

正老松枯柏情如織。聞野猿啼，愁聽得。見釣舟初出，芙蓉渡頭，鴛鴦灘側。干[11]名利祿終無益。念歲歲間阻，迢迢紫陌[12]。翠蛾嬌豔[13]，從別後經今，花開柳拆傷魂魄。利名牽役[14]。又爭忍、把光景拋擲。

注釋

❶ 霧斂：斂，收斂。
❷ 藍光碧：言江水所映射之光晶瑩剔透。
❸ 遙天：指日落之處的藍天。
❹ 掩映：時隱時現。
❺ 人寂寞：沒有村人活動的跡象。
❻ 羌笛：本意為西羌之少數民族羌族之人所吹奏的笛曲。此處表示身在邊庭遠離家鄉。
❼ 九疑山：在今湖南省寧遠縣南，又名九嶷山。
❽ 斑竹：又稱湘妃竹。相傳虞舜將帝位禪讓於大禹之後，就南巡視察，行到蒼梧之地而死。舜帝之妻娥皇、女英哭祭於蒼梧竹林，竹枝染淚而成斑紋，是為斑竹。
❾ 翻思：懷鄉之情翻騰。
❿ 因循：拖沓。
⓫ 干：謀求。
⓬ 紫陌：此處指從詞人做官之處通往家鄉之路。
⓭ 翠蛾嬌豔：指美麗的女人。
⓮ 利名牽役：利名，即名利；牽役，牽引和役使。

背景

柳永（約 987～約 1053），崇安（今福建武夷山）人。北宋詞人，婉約派最具代表性的人物之一。原名三變，字景莊。後改名永，字耆卿。排行第七，又稱柳七。以畢生精力作詞，並以「白衣卿相」自許。

這首詞當為詞人入仕初期遊九嶷山時所作。詞作中既有懷才不遇的怨尤，又有對朝廷的無可奈何。但在封建的綱常倫禮束縛下，詞人只能以倦意仕宦的情感抒發，來發泄心中的不滿，這首詞就是此類的詞作之一。

旅遊看點

九嶷山 有大、小九嶷山。小九嶷山在湖南南部永州縣和寧遠縣境內，又稱蒼梧山，相傳虞舜南巡死於此並葬於此。九嶷山得名於舜帝之南巡。因境內有舜源、娥皇、女英、杞林、石城、石樓、朱明、簫韶、桂林九座峯巒，且峯峯相似難以區別，故名。秦始皇和漢武帝都曾於九嶷山望祀虞舜。

九嶷山是湖南省新瀟湘八景之一，景點主要有舜帝陵、紫霞岩、舜源峯、玉琯岩、古舜廟遺址、文廟、鳳凰岩、桃花岩、永福寺等數十個。最著名的景點有舜源峯、舜帝廟、三分石、寧遠文廟以及紫霞岩、玉琯岩等。

舜帝廟 位於湖南省寧遠縣城南的九嶷山，是中華民族始祖「五帝」之一——舜帝的陵廟。舜帝陵分為兩個自然院落，九個單體建築，從外入內有玉帶橋、儀門、神道、山門、午門、拜殿、正殿、寢殿、左右廂房、左右碑房和碑廊，三面宮牆環繞；氣勢恢宏，結構嚴謹，是我國始祖陵中最高最大的陵，被稱為「華夏第一陵」。

（七）

翠樓吟

姜夔

淳熙丙午冬，武昌安遠樓成[1]，與劉去非諸友落之[2]，度曲見志。予去武昌十年，故人有泊舟鸚鵡洲者[3]，聞小姬[4]歌此詞，問之，頗能道其事，還吳為余言之；興懷昔遊[5]，且傷今之離索也[6]。

月冷龍沙[7]，塵清虎落[8]，今年漢酺初賜[9]。新翻胡部曲[10]，聽氈幕[11]元戎歌吹[12]。層樓高峙[13]。看檻曲縈紅，簷牙飛翠。人姝麗[14]，粉香吹下，夜寒風細。

此地[15]，宜有詞仙，擁素雲黃鶴[16]，與君遊戲。玉梯[17]凝望久，歎芳草萋萋千里。天涯情味。仗酒祓[18]清愁，花銷英氣。西山外，晚來還捲，一簾秋霽[19]。

注釋

❶ 安遠樓：武昌南樓，在黃鶴山上。
❷ 劉去非：姜夔友人，生平不詳。
❸ 鸚鵡洲：在今湖北漢陽西南長江中。
❹ 小姬：指年輕女子。
❺ 興懷：引起感觸。
❻ 離索：離羣索居。
❼ 龍沙：泛指塞外之地。
❽ 虎落：遮護城堡或營寨的竹籬。
❾ 漢酺（pú）初賜：漢律三人以上無故不得聚飲，違者罰金四兩。朝廷有慶祝之事，特許臣民會聚歡飲，稱賜酺。酺，合聚飲食。
❿ 胡部曲：此處泛指異族音樂。
⓫ 氈幕：指用毛氈製作的帳篷。
⓬ 元戎：主將，軍事長官。
⓭ 高峙：高高聳立。
⓮ 姝麗：容貌美麗，指漂亮的人。
⓯ 此地：化用崔顥《黃鶴樓》詩意。
⓰ 素雲：指白雲樓。
⓱ 玉梯：指玉樓。
⓲ 祓（fú）：此處指消除。
⓳ 霽（jì）：雨後天晴。

背景

姜夔，見第三六頁《杏花天影》（綠絲低拂鴛鴦浦）。

淳熙十三年丙午（1186）秋，其時姜夔正住在漢陽府漢川縣的姐姐家。武昌黃鵠山（黃鶴山）上建起了一座安遠樓。姜夔曾攜友人劉去非前往一遊，並自度此曲記述了這件事。十年過後，朋友在漢陽江邊聽到歌女詠唱此曲。姜夔得知這一消息，為此曲補寫了詞序。詞作上闋寫歡慶的盛況和樓觀的堂皇壯麗。下闋轉入登樓抒懷。雖為慶賀安遠樓落成而作，但不由自主地流露出詞人身世飄零之感，表現出表面承平而實趨衰颯的時代氣氛。

旅遊看點

鸚鵡洲　地名，原在武漢市武昌城外江中。相傳由東漢末年禰衡在黃祖的長子黃射大會賓客時，即席揮筆寫就一篇「鏘鏘戛金玉，句句欲飛鳴」的《鸚鵡賦》而得名。後禰衡被黃祖殺害，亦葬於洲上。歷代不少名人，「藏船鸚鵡之洲」縱觀大江景色，留下了很多詩篇，傳誦一時的佳句有唐崔顥的「晴川歷歷漢陽樹，芳草萋萋鸚鵡洲」、李白的「煙開蘭葉香風暖，岸夾桃花錦浪生」、孟浩然的「昔登江上黃鶴樓，遙愛江中鸚鵡洲」等。

鸚鵡洲在明末逐漸沉沒。清乾隆年間，新淤鸚鵡洲已和漢陽連成一片。現在漢陽攔江堤外的鸚鵡洲，係清乾隆年間（1736～1795）新淤的一洲，曾名「補課洲」，嘉慶年間（1796～1820）將補課洲改名鸚鵡洲，並於光緒二十六年（1900）重修了禰衡墓。墓為石建，方形，額題「漢處士禰衡墓」，甚為古樸別致。

（八）

糖多令

安遠樓[1]小集[2]，侑觴歌板[3]之姬黃其姓者，乞詞於龍洲道人[4]，為賦此《糖多令》。同柳阜之、劉去非、石民瞻、周嘉仲、陳孟參、孟容。時八月五日也。

蘆葉滿汀洲[5]，寒沙帶淺流。二十年重過南樓[6]。柳下繫船猶未穩，能幾日，又中秋。

黃鶴斷磯[7]頭，故人今在不？舊江山渾是[8]新愁。欲買桂花同載酒，終不似、少年遊。

劉過

注釋

❶ 安遠樓：又稱南樓。

❷ 小集：此指小宴。

❸ 侑（yòu）觴歌板：指酒宴上勸飲執板的歌女。侑觴，勸酒。歌板，執板奏歌。

❹ 龍洲道人：劉過自號。

❺ 汀洲：水中小洲。

❻「二十年」句：南樓初建時期，劉過曾漫遊武昌，過了一段「黃鶴樓前識楚卿，彩雲重疊擁娉婷」（《浣溪沙》）的豪縱生活。

❼ 黃鶴斷磯：黃鶴磯，在武昌城西黃鵠山（黃鶴山）西北，上有黃鶴樓。斷磯，形容磯頭荒涼。

❽ 渾是：全是。

背景

劉過（1154～1206），字改之，號龍洲道人。吉州太和（今江西泰和）人，長於廬陵（今江西吉安），去世於江蘇崑山，今其墓尚在。曾為陸游、辛棄疾所賞，亦與陳亮、岳珂友善。詞風與辛棄疾相近，抒發抗金抱負，狂逸俊致。

劉過詞能夠在辛派陣營中佔據重要一席，並不僅僅是因為那些與辛棄疾豪縱恣肆之風相近的作品，還在於那些豪邁中頗顯俊致的獨特詞風。這是首登臨南樓重遊故地的憶舊之作。詞人二十年前曾在安遠樓與朋友名士聚會，二十年後重遊此地，藉詠歎重過武昌南樓，感慨時事，抒寫昔是今非和懷才不遇的情感。

旅遊看點

南樓　又名安遠樓，在武昌黃鵠山（黃鶴山）上。建於 1186 年（淳熙十三年）。

舊時有白雲樓、安遠樓、瑰月樓、楚觀樓諸種稱謂，南樓與黃鶴樓、頭陀寺、北榭並稱為古時蛇山「四大樓台」。現在的南樓於 1985 年重建，位於公園南區黃鶴樓東南處。

南樓背山面南，面闊五間，上下二層，鋼筋水泥仿磚木結構，歇山式頂，重簷飛角，青瓦朱楹，前加抱夏，六圓柱，軒敞明潔。樓前有一棵百年古樹，給南樓平添古樸之色。

姜夔曾自度《翠樓吟》，見第一一四頁詞紀之。其小序云「淳熙丙午冬，武昌安遠樓成，與劉去非諸友落之，度曲見志」，具載其事。劉過重訪南樓，距上次登覽幾二十年。當時韓侂冑掌握實權，輕舉妄動，意欲伐金以成就自己的「功名」。而當時南宋朝廷軍備廢弛，國庫空虛，將才難覓，一旦挑起戰爭，就會兵連禍結，生靈塗炭。詞人劉過以垂暮之身，逢此亂局，雖風景不殊，卻觸目有憂國傷時之慟。這種心境深深地反映到這首詞作中。

（九）

水調歌頭

范成大

細數十年事，十處過中秋。今年新夢[1]，忽到黃鶴舊山頭[2]。老子個中不淺，此會天教重見，今古一南樓[3]。星漢[4]淡無色，玉鏡[5]獨空浮。

斂秦煙，收楚霧[6]，熨江[7]流。關河[8]離合[9]，南北依舊照清愁[10]。想見姮娥冷眼[11]，應笑歸來霜鬢[12]，空敝黑貂裘[13]。釃酒[14]問蟾兔[15]，肯去伴滄洲？

注釋

❶ 新夢：未曾料到之意。

❷ 黃鶴舊山頭：指黃鶴山，又名黃鵠山，今稱蛇山，在湖北武昌西。傳說仙人王子安曾乘黃鶴過此，因此為名。

❸「老子」三句：東晉庾亮鎮武昌時，曾與僚屬殷浩等人秋夜登南樓，曰：「老子於此處興復不淺。」（《世說新語．容止》）吟詩宴飲，談笑甚歡。詞人用以描繪自己此次登南樓遊樂的情景。個中：此中。

❹ 星漢：銀河。這裏指天上的星星。

❺ 玉鏡：指月亮。

❻ 秦、楚：分指古時秦國和楚國的所在地，秦北楚南，借指北地與南地。

❼ 熨江：此處形容江面平靜。熨：燙平。江：指長江。

❽ 關河：山河。關：指關塞。

❾ 離合：這裏用作偏義複詞，指分裂。

❿ 南北依舊照清愁：南北山河分裂，月光彷彿籠罩着無邊的「清愁」。

⓫ 冷眼：對事物持冷靜或冷淡的態度。

⓬ 霜鬢：鬢髮如霜，形容年老。

⓭ 空敝黑貂裘：用《戰國策．秦策》的故事。蘇秦游說秦王，十次上書均未被採納，資用乏絕，所穿黑貂皮衣服也已破舊不堪，只好離秦返家。這裏比喻詞人理想未能實現。空：徒然。敝黑貂裘：形容奔走連年，潦倒郎當。敝：破爛。

⓮ 釃（shī）酒：斟酒。

⓯ 蟾（chān）兔：古代神話傳說，月中有蟾蜍、白兔。此指月亮。

背景

范成大，見第一一頁《水調歌頭》（萬里漢家使）。

宋孝宗淳熙四年（1177）秋，范成大因病卸下四川制置使之職，乘船東歸，路過鄂州（今湖北武昌），應邀出席知州劉邦翰在黃鶴樓設的賞月宴，席間賦此詞。詞人在詞中藉中秋賞月發端，感慨自己多年來遊宦風塵，漂泊無定；進而想到如今老病纏身，渴望退居山林，安度人生。

這首詞對中秋月色和大好河山的讚美，洋溢着詞人強烈的愛國主義精神；痛惜關河離合，南北分裂，含蘊着他志在恢復的抱負。但詞人終究虛無成就，不得已而想到退居山林，瀟灑度日月，這是他的悲劇也是當時愛國人士的普遍悲劇。詞風在豪放、婉約之外，獨具特色。詞作並不過分豪邁悲壯，也不流於綺靡，確是一種變徵之聲；激奮中帶有蒼涼之感，很準確深刻地反映了詞人追求理想的熱望幻滅以後，心中淒黯逼仄的情懷。

旅遊看點

黃鶴樓　因「夏口城（今武漢武昌）據黃鵠磯，世傳仙人子安乘黃鵠過此上也」（《南齊書・州郡志》）而得名，巍峨聳立於武昌蛇山，享有「天下絕景」的盛譽，與湖南岳陽樓、江西滕王閣並稱為「江南三大名樓」。

黃鶴樓始建於三國時期吳黃武二年（223），傳說是為了軍事目的而建，孫權為實現「以武治國而昌」（「武昌」的名稱由來於此），築城為守，建樓以瞭望。至唐朝，其軍事性質逐漸演變為著名的名勝景點，歷代文人墨客到此遊覽，留下不少膾炙人口的詩篇。唐代詩人崔顥「昔人已乘黃鶴去，此地空餘黃鶴樓。黃鶴一去不復返，白雲千載空悠悠。晴川歷歷漢陽樹，芳草萋萋鸚鵡洲。日暮鄉關何處是，煙波江上使人愁」一詩已成為千古絕唱，更使黃鶴樓名聲大噪。然而兵火頻繁，黃鶴樓屢建屢廢。最後一座「清樓」建於同治七年（1868），毀於光緒十年（1884），此後近百年未曾重修。

1981 年 10 月，黃鶴樓重修工程破土動工，1985 年 6 月落成。主樓以清同治樓為藍本，但更高大雄偉。運用現代建築技術施工，鋼筋混凝土框架仿木結構。飛簷五層，攢尖樓頂，金色琉璃瓦屋頂。樓外鑄銅黃鶴造型，建有勝像寶塔、牌坊、碑廊、亭閣等一批輔助建築，將主樓烘托得更加壯麗。黃鶴樓的形制自創建以來，各朝皆不相同，但都顯得高古雄渾，極富個性。與岳陽樓、滕王閣相比，黃鶴樓的平面設計為四邊套八邊形，謂之「四面八方」。這些數字透露出古建築文化中數目的象徵和倫理表意功能。從樓的縱向看各層排簷與樓名直接有關，形如黃鶴，展翅欲飛。整座樓的雄渾之中又不失精巧，富有變化的韻味和美感。登樓遠眺，「極目楚天舒」，不盡長江滾滾來，三鎮風光盡收眼底。

（一〇）

探春慢

姜夔

予自孩幼從先人宦於古沔[1]，女須因嫁焉。中去復來幾二十年[2]，豈惟姊弟之愛，沔之父老兒女子亦莫不予愛也。丙午冬，千岩老人[3]約予過苕霅[4]，歲晚乘濤載雪而下，顧念依依，殆不能去。作此曲別鄭次皋、辛克清、姚剛中諸君[5]。

衰草愁煙，亂鴉送日，風沙回旋平野。拂雪金鞭，欺寒茸帽[6]，還記章台走馬[7]。誰念漂零久，漫贏得幽懷難寫。故人清沔[8]相逢，小窗閑共情話。

長恨離多會少，重訪問竹西[9]，珠淚盈把。雁磧[10]波平，漁汀[11]人散，老去不堪遊冶[12]。無奈苕溪月，又照我扁舟東下。甚日[13]歸來，梅花零亂春夜。

注釋

❶ 沔（miǎn）：甘肅省武都沮縣。
❷ 幾二十年：是以姜夔實際在漢陽居住的年月計算，除去了當中離開的時間。這一年姜夔隨蕭德藻東行，似乎就再沒回到過漢陽。
❸ 千岩老人：姜夔的叔岳蕭德藻自號千岩老人。
❹ 苕霅（tiāo zhā）：指苕溪和霅溪。苕溪在浙江湖州烏程（今浙江吳興）南，以多蘆葦名。霅，水名，在烏程東南，合四水為一溪；霅，形容四水激射之聲。蕭德藻紹興年間登第，初調烏程令。此時自湖湘罷官，攜白石同歸。
❺ 諸君：鄭次皋、辛克清、姚剛中均為白石於沔鄂所交之友。
❻ 茸帽：絨帽。茸，柔軟的獸毛。
❼ 章台走馬：指少年壯遊。漢長安有街名章台，繁華鬧市。《漢書．張敞傳》：「時罷朝會，過走馬章台街。」此指漢陽城內大街。
❽ 清沔：指沔水。古代通稱漢水為沔水。漢陽位於漢水之畔。
❾ 竹西：指揚州名勝竹西亭一帶。
❿ 雁磧（qì）：大雁棲息的沙灘。
⓫ 漁汀：漁舟停泊的岸地。
⓬ 遊冶：遊樂。
⓭ 甚：甚麼。

背景

姜夔，見第三六頁《杏花天影》（綠絲低拂鴛鴦浦）。

1186 年（淳熙十三年丙午），姜夔為了探望嫁在漢陽的姐姐和鄭次皋等朋友們，回到了他幼年生活過的湖北漢陽。據《白石道人詩說自序》：「淳熙丙午立夏，余遊南嶽，至雲密峯。」之後，姜夔在秋天來到漢陽。他這次在漢陽逗留的時間不長，感情上卻眷戀很深。他因應千岩老人也就是他的叔岳蕭德藻之約，在年底就冒雪乘舟順江而下轉浙江湖州了。這首詞是姜夔臨別前與朋友們敘別之作，時約 32 歲。

這是一首敘寫友情、慨歎漂泊的詞作。上闋憶昔話別，以少年之豪壯反襯今日之離索，收結到對親情友誼的無限依戀。下闋由各地昔遊旅況到當下「扁舟東下」，再設想重歸之日，充滿了遊蹤無定之喟歎。此詞絕勝處，全在環境刻畫，其傳神之筆如上闋「亂鴉送日」、下闋「梅花零亂春夜」的「亂」字，既渲染了荒寒氣象，描繪出春夜花事，又折射出詞人心意之煩亂。

旅遊看點

漢陽古琴台　又名俞伯牙台，始建於北宋，重建於清嘉慶初年（1796），位於湖北省武漢市漢陽區龜山西腳下的月湖之濱，東對龜山、北臨月湖，是中國音樂文化古跡、湖北省重點文物保護單位、武漢市文物旅遊景觀之一，與黃鶴樓、晴川閣並稱武漢三大名勝，有「天下知音第一台」之稱。

古琴台建築羣佔地約 15 畝，佈局十分精巧雅致，保留了當年古建築的風貌。除殿堂主建築外，還有庭院、林園、花壇、茶室等，佈局精巧、層次分明。院內迴廊依勢而折，虛實開閉，移步換景，互相映襯。修建者充分利用地勢地形，和中國園林設計中巧於借景的手法，把龜山月湖山水巧妙借了過來，構成一個廣闊深遠的藝術境界。主要景點有琴台、「印心石屋」「伯牙撫琴」、漢白玉雕像、碑廊碑刻、《琴台題壁詩》、「琴台」方碑、《琴台知音》雕塑石像、「高山流水」水榭長廊等。

漢陽龜山 也稱魯山，古時，此山被名為翼際山。位於武漢市漢陽區城北，是武漢市名勝古跡較多的山。據《禹貢》，龜山原名大別山，後又稱魯山，因為東吳大將魯肅的衣冠塚在此。這名字一直用到明代。明朝的皇帝極其崇奉玄武，封玄武為帝。玄武龜形，時任湖北巡撫的王儉將魯山改名龜山，奏請朝廷，得到批准。於是魯山就稱龜山。隔江相對的黃鵠山就稱為蛇山。黃鵠山蜿蜒如蛇，魯山蹲伏如龜，不同凡響地概括了武漢三鎮風水氣脈貫通的陣勢。

龜山風景區在歷史上就是有名的遊覽勝地。龜山前臨大江，北帶漢水，西背月湖、南瀕蓮花湖，威武盤踞，和武昌蛇山夾江對峙，形勢十分險峻。龜山以山上留下的史上名勝古跡而著名。其名勝古跡主要包括關王廟、藏馬洞、磨刀石、太平興國寺、桂月亭、狀元石、禹王宮、月樹亭、桃花洞、羅漢寺、龍祥寺、魯肅墓、向警予烈士陵園和紅色戰士公墓等。

（一一）

浣溪沙

蘇軾

漁父

西塞山[1]邊白鷺飛，散花洲[2]外片帆微。

桃花流水鱖魚[3]肥。

自庇[4]一身青箬笠[5]，相隨到處綠蓑衣[6]。

斜風細雨不須歸。

注釋

❶ 西塞山：又名道士磯。一說在今湖北省黃石市轄區，一說在浙江湖州。

❷ 散花洲：鄂東長江一帶有三個散花洲，一在黃梅縣江中，早已塌沒；一在浠水縣江濱，今成一村；一在武昌（今湖北鄂州）江上建「怡亭」之小島，當地人稱之為「吳王散花灘」。詞中所寫散花洲係與西塞山相對的浠水縣管轄的散花洲。

❸ 鱖（guì）魚：又名「桂魚」，長江中游黃州、黃石一帶特產。

❹ 庇：遮蓋。

❺ 箬（ruò）笠：用竹篾做的斗笠。

❻ 蓑（suō）衣：草或棕做的雨衣。

背景

蘇軾，見第三九頁《永遇樂》（明月如霜）。

宋神宗元豐七年（1084）四月，蘇軾離開黃州赴汝州（河南省直管縣級市）途中，沿長江而下，在途中看到漁父生活的景象，即景聯想，作此詞描寫漁父的生活。

全詞雖屬隱括詞，但新意迭出。所表現的不是一般的隱士生活情調，而是屬於蘇軾此時此地特有的幽居生活樂趣。色彩鮮明，風景如畫，塑造了一位於青山綠水中把自己融化在大自然中自得其樂的漁父形象。

湖北黃石西塞山　又名道士袱磯、磯頭山，位於湖北省黃石市。歷史上以其吳頭楚尾的地理位置和險峻的地形，集古戰場和風景名勝於一身。從東漢末年到新中國成立前，發生在西塞山的戰爭達 100 多次，文人雅士觀賞西塞山晨曦暮色，述志言情而吟詩填詞近百篇，並在懸崖陡壁上留下不少摩崖石刻。

西塞山景區主要景點有桃花古洞、摩崖石刻、北望亭、西塞山牌樓、道士袱、古錢窖、古墓葬羣（漢墓羣、晉墓、元墓）等。

浙江湖州吳興西塞山　在湖州西南部 10 公里許的弁南鄉樊漾湖村雪溪灣。《湖州市地名志》載：「舊郡志謂嚴尚書震直墓在西塞山，尚書自號西塞翁，歿葬其山，土人至今曰西塞山。」

明萬曆《湖州府志》中，就把「西塞晚漁」列為吳興八景之一。詠頌西塞山的著名詩詞，當數唐代詩人張志和色彩明麗、意境雋永的《漁歌子》：「西塞山前白鷺飛，桃花流水鱖魚肥，青箬笠，綠蓑衣，斜風細雨不須歸。」南宋毗陵（今江蘇常州）太守，著名山水畫家李結（次山），也曾卜居吳興西塞山，作《西塞漁社圖卷》，並請好友范成大、周必大等題跋。此題跋曾歸國畫大師張大千收藏，原件現在美國紐約。

點絳唇

峴首亭空，勸君休墮羊碑淚[1]。宦遊如寄，且伴山翁[2]醉。

說與鮫人[3]，莫解江皋佩[4]。將歸思，暈紅縈翠，細織回文字[5]。

王安中

注釋

❶「峴首亭空」二句：典出東晉名將羊祜。羊祜治襄陽時，為政清廉，政績卓著，離任時百姓哭送十里。羊祜死後，人們於此建碑立廟，歲時祭祀，望其碑者莫不流涕，故名為「墮淚碑」。

❷ 山翁：典出山簡故事。晉永嘉三年（309），山簡鎮襄陽，當時四方寇亂，天下分崩，五威不振，朝野危懼。「簡優游卒歲，惟酒是耽。」

❸ 鮫人：用典。鮫人是神話傳說中居於海底的怪人。詞中藉妻之口吻寄語水居之人，勿解佩誘其丈夫。

❹ 解江皋佩：解佩為用典，相傳鄭交甫在漢皋台下遇二女解佩相贈。漢皋台，即漢皋山。神女解佩處，後名解佩渚，是漢江中的一個沙洲。

❺ 細織回文字：用竇滔妻蘇蕙的故事，再申思夫之意。晉竇滔奉命駐守襄陽，只帶同寵妾赴任，留下妻子蘇蕙，蘇蕙將對丈夫的深切思念織入錦字回文詩以寄。

背景

王安中（1076～1134），字履道，號初寮。中山曲陽（今河北曲陽）人。年輕時曾從師蘇軾、晁說之。築室自榜曰「初寮」。

北宋後期，江西派盛極一時，風流所及，文人作詞亦喜用典。王安中生當北宋末年，自然受其影響。襄陽為古代軍事重鎮，歷代文人墨客多有吟詠。這首詞寫於送人歸襄陽時，所以連用四個有關襄陽的典故，巧妙貼切，流露出的些許末世情懷，隱然具有詞人自況的意味。

旅遊看點

襄陽峴首山 一名峴山，襄陽城南，為遊賞勝地。宋嘉定十年（1217），金兵圍棗陽，孟宗政午發峴首，遲明抵棗陽，金人駭遁。中國至少9個地方都有峴山，但各地峴山都與襄陽峴山有關係。

峴山上建有六角七層高的峴山亭，一名峴首亭。宋神宗熙寧元年（1068），史中輝守襄陽，第二年「因亭之舊廣而新之」。熙寧三年十月，歐陽修為作《峴山亭記》云：「山故有亭，世傳以為叔子（羊祜字）之所遊止也。」

峴首山腳下有塊「墮淚碑」，是祭祀東晉清廉名將羊祜的。「來將軍去思碑」，表彰的是唐代鎮壓安史之亂有功的名將來瑱。東晉習鑿齒在峴山下修建了白馬寺，著名的佛教領袖釋道安攜弟子釋慧遠等400餘眾在寺內弘法傳道，使峴山一度成為全國著名的佛學研究中心。

襄陽漢皋台 即漢皋山，一名萬山，位於襄陽城西，為襄陽名山峴山的上峴。早在春秋時期就以「神女弄珠」而聞名。

漢皋台即為傳說中的神女解佩處，後名解佩渚。《列仙傳》曰：「江妃二女，不知何許人。出遊江湄，逢鄭交甫，不知其神人也，女遂解佩與之。交甫悅愛佩，去數十步，空懷無佩，女亦不見。」

（一三）

燭影搖紅

廖世美

題安陸[1]浮雲樓[2]

靄靄[3]春空，畫樓森聳凌雲渚。紫薇[4]登覽最關情，絕妙誇能賦。惆悵相思遲暮[5]。記當日、朱闌共語。塞鴻難問，岸柳何窮，別愁紛絮。

催促年光，舊來流水知何處？斷腸何必更殘陽，極目傷平楚[6]。晚霽波聲帶雨[7]，悄無人、舟橫野渡。數峯江上，芳草天涯，參差[8]煙樹。

注釋

❶ 安陸：今湖北省安陸市。

❷ 浮雲樓：即浮雲寺樓。

❸ 靄靄：雲氣密集的樣子。

❹ 紫薇：紫微，星名，位於北斗東北，古人認為是天帝之座。唐代中書省曾稱紫微省，故在中書省任官者可稱微郎。此處指杜牧，杜牧曾任中書舍人，故稱。

❺ 遲暮：黃昏，也指晚年。屈原《離騷》有「日月忽其不淹兮，春與秋其代序。惟草木之零落兮，恐美人之遲暮」句。

❻ 平楚：登高望遠，大樹林處樹梢齊平，稱平楚。也可代指平坦的原野。

❼ 帶雨：出自韋應物《滁州西澗》：「春潮帶雨晚來急，野渡無人舟自橫。」

❽ 參差：高下不齊貌。

背景

廖世美是生活於南北宋之交的一位詞人，生平無考，據傳是安徽省東至縣廖村人。

宋元詞曲作家，多有用前人成語成句者。承襲熔裁，必須巧妙恰當，才能為己作增色。這首詞因「題安陸浮雲樓」，又稱道杜牧為此樓所賦之詩絕妙，故運用杜牧詩句極多，且大多能熨帖自然，不見痕跡。杜詩以外，還融合化用了多家詩詞，語氣順暢如同己出。廖詞熔裁前人詩詞，一片化機，又自出境界，情致蘊藉，有不盡之意。

浮雲樓　安陸浮雲樓，唐宋時期江南名樓，又名安陸西樓。約建於唐朝，明代可能尚存，今已湮滅。浮雲樓原樓位於安州安陸（今湖北孝感安陸）。安州浮雲樓聲名顯赫，與岳州岳陽樓、鄂州黃鶴樓、洪州滕王閣、江州庾樓、宣州疊嶂樓、池州九峯樓、潤州芙蓉樓和萬歲樓、北固樓、湖州消暑樓、蘇州齊雲樓、婺州八詠樓、郢州白雪樓、韶州韶陽樓、桂州逍遙樓的名氣都可一比。

唐代詩人題詠很多，唐人趙嘏《登安陸西樓》詩作就題寫在浮雲樓牆壁上，宋時尚存。200 多年後，曾鞏客遊至此，讀之，感而題詩繼和，詩名《浮雲樓和趙嘏》，成就了一段詩人題詠的佳話。

董永公園　位於孝感市槐蔭大道東段，分為三個區域。園內有孝子祠、仙女池、槐蔭樹、鴛鴦樓、理絲橋、滌絲亭、百步梯和升仙台等景點。

位於公園中部的孝子祠，屋頂青色古瓦，門院粉壁花牆，院內正廳坐北向南。祠正堂立着記載董永生平的橫匾，兩旁陳列着有關的文物、碑石、族譜和名人字畫。祠院正中聳立着董永和七姐回家的漢白玉雕像，祠院圍牆的十六面窗花，以浮雕形式展示了民間傳說中16 個孝子的故事。

（一四）

念奴嬌

赤壁[1]懷古

大江[2]東去，浪淘盡[3]、千古風流人物[4]。故壘[5]西邊，人道是、三國周郎[6]赤壁。亂石崩雲，驚濤裂岸，捲起千堆雪[7]。江山如畫，一時多少豪傑！

遙想[8]公瑾當年，小喬初嫁了[9]，雄姿英發[10]。羽扇綸巾[11]，談笑間、檣櫓[12]灰飛煙滅。故國神遊[13]，多情應笑我，早生華髮[14]。人間如夢，一樽還酹江月[15]。

蘇軾

注釋

❶ 赤壁：位於古城黃州的西北邊，現湖北省黃岡市公園路。

❷ 大江：指長江。

❸ 淘：沖洗，沖刷。

❹ 風流人物：指傑出的歷史名人。

❺ 故壘：過去遺留下來的營壘。

❻ 周郎：指三國時吳國名將周瑜，字公瑾，少年得志，24 歲為中郎將，掌管東吳重兵，吳中皆呼為「周郎」。

❼ 雪：比喻浪花。

❽ 遙想：形容想得很遠；回憶。

❾ 小喬初嫁了（liǎo）：《三國志・吳志・周瑜傳》載，周瑜從孫策攻皖，「得橋公兩女，皆國色也。策自納大橋，瑜納小橋。」喬，本作「橋」。其時距赤壁之戰已經十年，此處言「初嫁」，是言其少年得意，倜儻風流。

❿ 雄姿英發：謂周瑜體貌不凡，言談卓絕。

⓫ 羽扇綸（guān）巾：古代儒將的便裝打扮。羽扇，羽毛製成的扇子。綸巾，青絲製成的頭巾。

⓬ 檣櫓（qiáng lǔ）：這裏代指曹操的水軍戰船。檣，掛帆的桅杆。櫓，一種搖船的槳。「檣櫓」一作「強虜」，又作「檣虜」「狂虜」。

⓭ 故國神遊：「神遊故國」的倒文。故國：這裏指舊地，當年的赤壁戰場。神遊：於想像、夢境中遊歷。

⓮「多情」二句：「應笑我多情，早生華髮」的倒文。

⓯ 一樽還（huán）酹（lèi）江月：古人以酒澆在地上祭奠。這裏指灑酒酬月，寄託自己的感情。

背景

蘇軾，見第三九頁《永遇樂》（明月如霜）。

這首詞是宋神宗元豐五年（1082）蘇軾謫居黃州時所寫，當時他 47 歲，因「烏台詩案」被貶黃州已兩年餘。蘇軾由於詩文諷喻新法，為新派官僚羅織論罪而被貶，心中有無盡的憂愁無從述說。來到黃州城外的赤壁（鼻）磯，其壯麗的風景使詞人感觸良多，更是讓詞人在追憶當年三國時期周瑜無限風光的同時，也感歎時光易逝，因而寫下此詞。

詞作氣象磅礴，格調雄渾。既有大筆揮灑，也襯諧婉之句，第一次以空前的氣魄和藝術力量塑造了一個英氣勃發的人物形象，透露了詞人有志報國、壯懷難酬的感慨。

旅遊看點

黃州赤壁 又名東坡赤壁、文赤壁，俗稱赤壁公園，位於古城黃州的西北邊，現湖北省黃岡市公園路。因為有岩石突出像城壁一般，顏色呈赭紅色，所以稱之為赤壁。因蘇軾的《念奴嬌・赤壁懷古》《前赤壁賦》《後赤壁賦》而聞名。

西晉初年，龍驤將軍蒯思為紀念三國赤壁大戰始建江館，後代多有增建。北宋元豐三年（1080），蘇軾貶謫黃州期間遊赤壁，作《前赤壁賦》《後赤壁賦》，赤壁因此聞名。後修建多座紀念建築。南宋末毀於兵燹（xiǎn），元、明、清三代屢毀屢建。現存二賦堂、坡仙亭、睡仙亭、問鶴亭、酹江亭、放龜亭、挹爽樓、涵暉樓、留仙閣、鳥石塔、棲霞樓等。

石字藏　景區中的石字藏（zàng）別具特色。石字藏，又名石字葬，是古時候燒帶文字的紙的一個地方，類似香爐。古代一般在文風盛行的地方和府第，有專人將書寫過的廢紙收集起來，太陽西落之時，將其放到「字葬塔」內焚燒，稱謂葬字。古人提倡不要用腳踩寫有字跡的紙張，不能用頭枕書籍，不能用字紙當便紙，否則會瞎眼，因為那是糟蹋聖賢的行為。字葬行為體現了那個年代的人們對文化的一種敬重和情感。

（一五）

滿江紅

姜　夔

仙姥[1]來時，正一望、千頃翠瀾。旌旗共、亂雲俱下，依約[2]前山。命駕羣龍金作軛[3]，相從諸娣[4]玉為冠。向夜深、風定悄無人，聞佩環[5]。

神奇處，君試看。奠[6]淮右[7]，阻[8]江南。遣六丁雷電[9]，別守[10]東關。卻笑英雄無好手，一篙[11]春水走曹瞞[12]。又怎知、人在小紅樓，簾影間[13]。

注釋

❶ 仙姥（mǔ）：神仙老婦。

❷ 依約：隱隱約約。

❸ 軛：駕車時套在馬頸上的曲形器具，一般木質。

❹ 相從諸娣（dì）：隨從神姥的諸位仙姑。此句下白石自注：「廟中列坐如夫人者十三人。」娣：古稱同夫諸妾。

❺ 佩環：指諸神身上的裝飾品。

❻ 奠（diàn）：鎮守。

❼ 淮右：宋時在淮揚一帶設置淮南東路和淮南西路。淮南西路稱淮右，巢湖屬淮右地區。

❽ 阻：拱衛。

❾ 六丁：傳說中的天神。韓愈詩：「仙宮敕六丁，雷電下取將。」

❿ 別守：扼守。

⓫ 一篙：一竿。篙，撐船的竿。

⓬ 曹瞞：曹操小字阿瞞。

⓭ 簾影間：簾幕之內的（弱質女子）。

背景

姜夔，見第三六頁《杏花天影》（綠絲低拂鴛鴦浦）。

這首詞作於宋光宗紹熙二年（1191）春初。上闋揭開了一個神話世界的面紗，千頃綠波翻滾，旌旗揚捲，亂雲堆積，聞聲而不見人，形成極具動感的態勢。下闋寫仙姥的神奇威力，筆調亦愈雄奇豪放，是與白石一貫詞風不同的恢宏奇麗的詠仙詞。

旅遊看點

巢湖姥山　仙姥與巢湖姥山的傳說有關，相傳「陷巢州」時，焦姥為救鄉鄰，自己被洪水吞沒，化成了一座山，後人遂稱之為「姥山」。

姥山，當地人又稱母山、蒙山。姥山島位於安徽省合肥市巢湖市境內，全國五大淡水湖之一的巢湖湖心，是湖中最大的島嶼，形狀大致呈紡錘形。島上林木葱鬱，四季常青，如青螺浮水。姥山四面皆水，如同一葉漂於水中，為八百里巢湖惟一的「湖上綠洲」，是巢湖第一勝境。與姥山遙遙相望的還有一座姑山（同孤山），傳說「陷巢州、漲廬州」時期，焦姥的女兒與焦姥一道通知鄉鄰，女兒先焦姥一步奔走，跑丟了一雙鞋子，終又被洪水吞沒。後來，鞋子化作一對鞋山，女兒化作姑山，焦姥最終化作姥山。母女相望遙遙無期，萬頃波濤訴說着斷腸般的母女親情。

姥山山巔有古塔、古塘、古船塘。山上建有「望姑」「虎上」「望姥」三亭。山巔的文峯塔建於崇禎四年（1631），塔身為條石壘砌而成。塔內磚雕佛像 802 尊，石匾 25 幅。登塔憑欄遠眺，但見水天一色，驚濤擁雪，帆影點點，鷗鷺翔集，令人心曠神怡。

巢湖姥山名勝古跡眾多，主要景點有南塘、聖妃廟、文峯塔等。望湖而建的聖妃廟，祭祀主湖女神，始建於晉朝。唐代詩人羅隱、宋代詞人姜夔均有詩詞吟詠此廟。

（一六）

八聲甘州

葉夢得

壽陽樓[1]八公山作[2]

故都[3]迷岸草，望長淮、依然繞孤城。想烏衣年少[4]，芝蘭秀髮[5]，戈戟雲橫[6]。坐看驕兵南渡[7]，沸浪駭奔鯨[8]。轉盼東流水，一顧功成。

千載八公山下，尚斷崖草木，遙擁崢嶸。漫雲濤吞吐，無處問豪英。信勞生、空成今古，笑我來、何事愴遺情。東山老[9]，可堪歲晚，獨聽桓箏[10]。

注釋

❶ 壽陽樓：壽州城樓，在今安徽省淮南市。
❷ 八公山：在淝水之北，本以淮南八公在此煉丹得名。
❸ 故都：指建康，今南京。
❹ 烏衣年少：意指謝氏子弟，在淝水戰役立功者，如謝石、謝玄等。
❺ 芝蘭秀髮：比喻英俊的青年子弟。
❻ 戈戟雲橫：胸羅韜略，無所不有。
❼「坐看」句：指晉太元八年（383）秦苻堅大舉伐晉。
❽ 沸浪駭奔鯨：描寫苻堅的軍隊倉皇逃竄的景象。鯨：鯨鯢，比巨寇。
❾ 東山老：謝安，詞人在此以謝安自喻。謝安早年隱居東山，今浙江、江蘇，傳說有好幾處有關他的古跡，當以在會稽者為正。
❿ 獨聽桓箏：暗引謝安晚年的一段歷史典故。詞人將謝安和自己進行對比，以突出自身處境悲慘。

背景

葉夢得（1077～1148），字少蘊。蘇州吳縣人，一說祖籍處州松陽（今屬浙江）。晚年隱居湖州弁山玲瓏石石林，故號石林居士。在北宋末年到南宋前半期的詞風變異過程中，葉夢得是起到先導和樞紐作用的重要詞人。作為南渡詞人中年輩較長的一位，葉夢得開拓了南宋前半期以「氣」入詞的詞壇新路，主要表現在英雄氣、狂氣、逸氣三方面。

葉夢得在壽陽登臨八公山弔古，一方面仰慕當年謝石、謝玄在前線指揮作戰，得到朝廷謝安等人的有力支持；另一方面又想到歷史上的英雄人物，為國事勞心勞力，也不過「空成今古」，以此來排遣心頭的煩惱。

八公山　位於壽縣北部邊界地帶安徽省八公山森林公園和國家地質公園。特點是「林密、石奇、泉古、水秀」。主要景點有忘情谷、乾隆玉筍、石門潭、樂澗套、碧霞元君廟等。

八公山歷史悠久，古稱北山、淝陵、紫金山。八公山是一座歷史文化名山，「一人得道，雞犬升天」，「風聲鶴唳，草木皆兵」的故事和神話傳說，使得八公山名震青史。八公山豆腐由漢淮南王劉安發明。八公山「淮南蟲」化石是迄今為止世界上最早的古生物化石，被國際地質學界譽為「藍色星球」上的生命起源。

淝水之戰遺址　八公山森林公園入口不遠處，就是著名的淝水之戰遺址紀念牆。

淝水之戰發生於 383 年，前秦出兵伐晉，於淝水（現今安徽省壽縣的東南方）交戰，最終東晉以僅八萬軍力大勝八十餘萬前秦軍。這次戰爭，再次創造了中國軍事史上以少勝多的戰例，留下了「投鞭斷流」「風聲鶴唳」「草木皆兵」等歷史掌故。

（一七）

天門謠

賀鑄

牛渚[1]天門[2]險，限[3]南北、七雄豪佔[4]。清霧斂，與[5]閑人登覽。

待月上潮平波灩灩[6]，塞管[7]輕吹新阿濫[8]。風滿檻[9]，歷歷[10]數、西州[11]更點[12]。

注釋

❶ 牛渚（zhǔ）：山名。在安徽省馬鞍山市長江邊。

❷ 天門：牛渚西南方有兩山夾江對峙，狀若蛾眉，謂之天門。

❸ 限：隔斷。

❹ 七雄豪佔：指吳、東晉、宋、齊、梁、陳及南唐七代均建都於金陵。

❺ 與：提供，給。

❻ 灩灩（yàn）：水閃閃發光的樣子。

❼ 塞管：指羌笛、胡笳之類。

❽ 阿濫：即《阿濫堆》，曲調的一種。《中朝故事》：「驪山多飛禽，名阿濫堆。明皇御玉笛採其聲，翻為曲子名。」

❾ 檻（jiàn）：檻欄，指亭子的欄杆的木頭。

❿ 歷歷：清晰。

⓫ 西州：此處代指金陵，即今南京。

⓬ 更點：報時的更鼓點。

背景

賀鑄（1052～1125），字方回，又名賀三愁，人稱「賀梅子」，自號慶湖遺老。祖籍山陰（今浙江紹興），出生於衞州共城縣（今河南省輝縣）。自稱遠祖本居山陰，是唐賀知章後裔，以知章居慶湖（鏡湖）故自號慶湖遺老。

賀鑄能詩文，尤長於詞。其詞內容、風格較為豐富多樣，兼有豪放、婉約二派之長，長於錘煉語言並善融化前人成句。

這首詞是一篇懷古之作，詞時而劍拔弩張，氣勢蒼莽，時而輕裘緩帶，情趣蕭閑，大起大落，大氣磅礴，令人蕩氣迴腸。詞中憑弔前朝興亡，給人的感悟和啟示十分深刻：天險救不了王朝覆滅的命運，昔日「七雄豪佔」的軍事重地，今卻成為「閑人登覽」的旅遊勝地。

旅遊看點

采石磯 —— 牛渚磯　牛渚圻，其山腳伸入長江部分，叫采石磯。位於安徽省馬鞍山市西南長江東岸。采石磯與南京燕子磯、岳陽城陵磯並稱「長江三大名磯」。峭壁千尋，突兀江流，歷史悠久，名勝眾多，素有「千古一秀」之美譽。

采石磯歷來為江南名勝，古往今來，吸引着許多文人名士，像李白、白居易、王安石、蘇東坡、陸游、文天祥等來此題詩詠唱。主要景點有翠螺山、太白樓、三元祠等。

采石之戰　南宋紹興三十一年（1161），采石磯曾發生「宋金采石之戰」。這是一場中國歷史上有名的以少勝多的反侵略戰爭。侵略的一方為金國統帥海陵王完顏亮，南宋主將為虞允文。紹興三十一年，完顏亮率六十萬軍隊分四路入侵，虞允文帶領約數十萬兵馬於同年十一月抵達采石磯對面江岸對峙。據《宋史》記載，當時形勢危急，江北完顏亮高踞在剛剛堆起的高台「黃居」上，殺白馬祭天，準備次日渡江。而江南的宋軍卻因正「易將」而無人負責。虞允文蒿目時艱，毅然負起守衞重任，最終奪得勝利。

（一八）

沁園春

憶黃山

三十六峯[1]，三十六溪，長鎖清秋[2]。對孤峯絕頂，雲煙競秀；懸崖峭壁，瀑布爭流[3]。洞裏桃花[4]，仙家芝草[5]，雪後春正取次[6]遊。親曾見，是龍潭[7]白晝，海湧潮頭。

當年黃帝浮丘[8]，有玉枕玉牀還在不？向天都[9]月夜，遙聞鳳管[10]；翠微[11]霜曉，仰盼龍樓[12]。砂穴[13]長紅，丹爐已冷，安得靈方聞早修？誰知此，問源頭白鹿[14]，水畔青牛[15]。

汪　萃

注釋

❶ 三十六峯：概略之數。

❷ 清秋：言其涼爽。

❸「對孤峯絕頂」四句：言黃山風景離合變化，各逞奇姿，互競秀色，氣象萬千。

❹ 洞裏桃花：相傳黃山煉丹峯的煉丹洞裏，有二桃，為仙家之物。

❺ 仙家芝草：相傳黃山軒轅峯為黃帝採芝處，今峯下有採芝源。

❻ 取次：隨便，任意。

❼ 龍潭：白龍潭。

❽ 黃帝浮丘：據說，浮丘公曾來黃山煉丹峯煉得仙丹八粒，黃帝服其七粒，於是與浮丘公一起飛升而去。至今，煉丹峯上，浮丘公煉丹所用的鼎爐、灶穴、藥杵、藥臼仍然依稀可辨。

❾ 天都：黃山主峯之一的天都峯。

❿ 鳳管：鳳簫。

⓫ 翠微：翠微峯位於黃山後海，為三十六大峯之一。

⓬ 龍樓：是由大氣折射作用所生成的一種空中幻影，俗稱之為蜃樓。古人以蜃屬蛟龍一類的神異動物，能吁氣作樓台城郭之狀，故以蜃樓、龍樓稱之。

⓭ 砂穴：浮丘公提煉丹砂的石穴。

⓮ 白鹿：相傳浮丘公曾在黃山石人峯下駕鶴馴鹿，留下了駕鶴洞、白鹿源的遺跡。

⓯ 水畔青牛：相傳翠微寺左的溪邊有一牛，形質迥異，通體青色，一樵夫欲牽回家中，忽然青牛入水，無影無蹤。從此，那溪便稱為青牛溪，至今仍在。

背景

汪莘（1155～1227），字叔耕，號柳塘，休寧（今屬安徽）人，布衣。隱居黃山，研究《周易》，旁及釋、老。晚年築室柳溪，自號方壺居士，與朱熹友善。

詞人多年屏居黃山，耽於自然的山水情懷、雲林雅趣。詞作想像豐富，情思變化多端，筆觸多樣，展現在大家面前的是一幅千姿百態的秀麗景色，使人應接不暇。

旅遊看點

黃山　位於安徽省南部黃山市境內，有 72 峯，主峯蓮花峯，與光明頂、天都峯並稱黃山三大主峯，為 36 大峯之一。黃山是安徽旅遊的標誌，是中國十大風景名勝惟一的山嶽風光。是世界文化與自然雙重遺產，世界地質公園，國家 5A 級旅遊景區。

黃山原名「黟山」，因峯岩青黑，遙望蒼黛而名。後因傳說軒轅黃帝曾在此煉丹，故改名為「黃山」。黃山代表景觀有「四絕三瀑」，四絕：奇松、怪石、雲海、温泉；三瀑：人字瀑、百丈泉、九龍瀑。明代旅行家徐霞客登臨黃山時讚歎：「薄海內外之名山，無如徽之黃山。登黃山，天下無山，觀止矣！」被後人引申為「五嶽歸來不看山，黃山歸來不看嶽」。

瑞鶴仙

環滁[1]皆山也。望蔚然[2]深秀，瑯琊山[3]也。山[4]行六七里，
有翼然[5]泉上，醉翁亭[6]也。翁之樂也。得[7]之心、寓[8]之酒也。
更野芳[9]佳木，風高日出，景無窮也。
遊也。山肴[10]野蔌[11]，酒洌[12]泉[13]香，沸籌[14]觥[15]也。太守醉也。
喧嘩眾賓歡也。況宴酣之樂、非絲非竹[16]，太守樂其樂[17]也。
問當時、太守為誰，醉翁[18]是也。

黃庭堅

注釋

❶ 環滁（chú）：環繞着滁州城。滁州，今安徽省東部。

❷ 蔚然：草木繁盛的樣子。

❸ 瑯琊山：在滁州西南十里。

❹ 山：名詞作狀語，沿着山路的意思。

❺ 翼然：四角翹起，像鳥張開翅膀的樣子。

❻ 醉翁亭：位於安徽省滁州市。

❼ 得：領會。

❽ 寓：寄託。

❾ 芳：花草發出的香味，這裏引申為「花」。

❿ 山肴：用從山野捕獲的鳥獸做成的菜。

⓫ 野蔌（sù）：野菜。蔌，菜蔬的總稱。

⓬ 洌（liè）：清澈。

⓭ 泉：指釀泉，泉水名，原名玻璃泉，在瑯琊山醉翁亭下，因泉水很清可以釀酒而得名。

⓮ 籌：行酒令的籌碼，用來記飲酒數。

⓯ 觥（gōng）：酒杯。

⓰ 宴酣之樂、非絲非竹：宴會喝酒的樂趣，不在於音樂。絲，指弦樂器。竹，指管樂器。

⓱ 樂其樂：樂他所樂的事情。

⓲ 醉翁：指歐陽修（1007～1072），自號醉翁。

背景

黃庭堅，見第一〇六頁《水調歌頭》（瑤草一何碧）。

這首詞用獨木橋體，隱括歐陽修散文名作《醉翁亭記》，同字協韻，唱歎有情，盡得原作之神韻。散文《醉翁亭記》連用了 21 個虛詞「也」字，《瑞鶴仙》亦用獨木橋體以「也」字押韻，既保留了《醉翁亭記》的風格，又適應詞的格律要求，異想天開，又別開生面。

旅遊看點

瑯琊山 又稱琅邪山，位於安徽省滁州市西南。宋代以來，瑯琊山一直是皖東歷史勝境。瑯琊山古稱摩陀嶺，唐大曆六年（771），滁州刺史李幼卿搜奇探勝，聽聞傳說瑯琊王司馬伷曾率兵駐此，因名。瑯琊山享有「蓬萊之後無別山」「皖東明珠」之美譽。因有千古名篇《醉翁亭記》和瑯琊寺、醉翁亭等名勝古跡而傳譽古今。

主要景點有醉翁亭、野芳園、同樂園、深秀湖、瑯琊寺、南天門、豐樂亭、清流關等。

醉翁亭 位於安徽省滁州市西南瑯琊山旁，名列四大名亭之首，有「天下第一亭」的美譽。醉翁亭始建於北宋慶曆七年（1047），由唐宋八大家之一歐陽修命名並撰《醉翁亭記》一文而聞名遐邇。

慶曆五年（1045），歐陽修來到滁州，認識了瑯琊山瑯琊寺住持智仙和尚，並很快成為知音。為了便於歐陽修遊玩，智仙特在山麓建造了一座小亭，歐陽修親為作記，作《醉翁亭記》。從此，歐陽修常同朋友到亭中遊樂飲酒。歐陽修自號醉翁，「醉翁亭」因此得名。

醉翁亭景區主要景點有醉翁亭、二賢堂、寶宋齋、意在亭、影香亭、古梅亭、六一亭、寶宋新齋、醒園、解酲閣、菱溪石、洗心亭、讓泉等。

（二〇）

採桑子

歐陽修

輕舟短[1]棹西[2]湖好[3]，綠水逶迤[4]，芳草長堤，隱隱[5]笙歌處處隨[6]。

無風水面琉璃滑[7]，不覺船移，微動漣漪[8]，驚起沙禽[9]掠岸飛。

注釋

❶ 輕舟：輕便的小船。

❷ 短棹：划船用的小槳。

❸ 西湖：指潁州西湖，在今安徽省阜陽市西北。

❹ 逶迤：形容道路或河道彎曲而長。

❺ 隱隱：隱約。

❻ 笙歌：指歌唱時有笙管伴奏。

❼ 琉璃：這裏形容水面光滑。

❽ 漣漪：水的波紋。

❾ 沙禽：沙洲或沙灘上的水鳥。

背景

歐陽修（1007～1072），字永叔，號醉翁、六一居士，吉州永豐（今江西吉安永豐）人。北宋政治家、文學家，且在政治上負有盛名。歐陽修是宋代文學史上最早開創一代文風的文壇領袖，他領導了北宋時文革新運動，繼承並發展了韓愈的古文理論。他的散文創作的高度成就與其正確的古文理論相輔相成，從而開創了一代文風。歐陽修在變革文風的同時，也對詩風、詞風進行了革新。

宋仁宗皇祐元年（1049），歐陽修移知潁州，幾次遊覽後，創作了描寫四季風景的《採桑子》十首。這首詞是其中一首，寫春色西湖。詞作以輕鬆淡雅的筆調，描寫西湖美景，以「輕舟」作為觀察風景的基點，舟動景換，色調清麗，風格娟秀，充滿詩情畫意。

潁州西湖　位於安徽省阜陽市潁州區西，是安徽省級自然保護區、國家濕地公園。主要有清漣閣、九曲橋、女郎台、醉仙居、紫竹苑、西湖碑林、百花園、蘭園、怡園、梳妝台等二十多個景點。

公元前 1040 年，周康王冊封的嬀髡（guī kūn）因迷戀汝墳西側的一湖碧水，在這裏建立御花園，即後世的潁州西湖。阜陽在北魏以後稱潁，潁州西湖得名於此，與杭州西湖、惠州西湖和揚州瘦西湖並稱為中國四大西湖之一。春秋戰國時始建女郎台、梳妝台等建築，唐武宗李炎在做潁王時建有蘭園，宋代建有會老堂、六一堂，並建有著名的西湖三橋等歷史羣。蘇軾做潁州太守時對西湖進行了疏浚，建有蘇堤、蘇碑，遍植垂柳、花卉。明、清時期又建有清漣閣、怡園等景點。

主要景點有會老堂、萬木百花園、蘇堤、聚星堂、虎嘯山莊、古曲三橋、女郎台、梳妝台、潁州西碑林等。

第四章

天涯也有江南信，梅破知春近

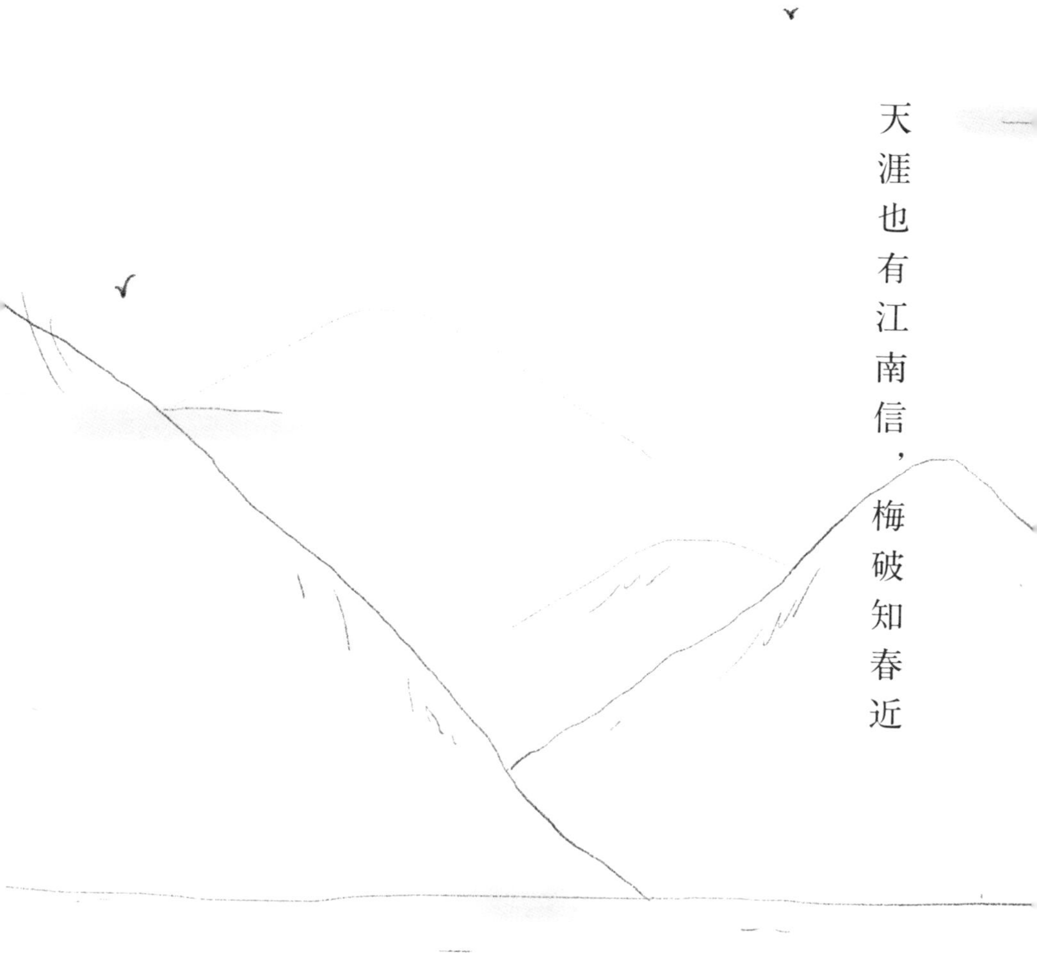

廣西和廣東，屬於嶺南，古為「百越之地」，宋代曾有很多文人士大夫被貶謫於此，與這片截然不同於中原文化的土地發生了千絲萬縷的聯繫。嶺南的神奇山水，鮮明的地域特色，在士大夫眼前呈現出一個更豐富的世界。在顛沛失意中，尤其能彰顯人的精神高度。因此，蘇軾才會在《定風波》（常羨人間琢玉郎）中讚美柔奴「此心安處是吾鄉」的不凡境界；黃庭堅《虞美人》（天涯也有江南信）也才會對孤標傲世的梅花表現出更強烈的共鳴。至於文天祥的《沁園春》（為子死孝）作於南宋節節敗退的背景下，更是打上了時代之音的烙印。

（一）

定風波

蘇軾

南海歸贈王定國[1]侍人寓娘[2]

常羨人間琢玉郎[3]，天教分付點酥娘[4]。自作清歌傳皓齒[5]，風起，雪飛炎海[6]變清涼。

萬里歸來年愈少，微笑，笑時猶帶嶺梅香[7]。試問嶺南應不好？卻道，此心安處是吾鄉[8]。

注釋

❶ 王定國：王鞏，北宋詩人、畫家，字定國，蘇軾友人。
❷ 寓娘：王鞏的歌伎柔奴。
❸ 玉郎：如經過玉琢般豐神俊朗的男子，指王鞏。
❹ 酥娘：美麗的女子，即柔奴。
❺ 皓齒：雪白的牙齒。
❻ 炎海：比喻酷熱之地。
❼ 嶺：這裏指嶺南，即南嶺之南的區域。
❽ 此心安處是吾鄉：我的心安定的地方，便是我的故鄉。此句表現了柔奴的豁達胸懷。白居易《初出城留別》「我生本無鄉，心安是歸處」，《種桃杏》「無論海角與天涯，大抵心安即是家」。

背景

蘇軾，見第三九頁《永遇樂》（明月如霜）。

蘇軾的好友王鞏因為受到使蘇軾遭殺身之禍的「烏台詩案」牽連，被貶謫到地處嶺南荒僻之地的賓州（今廣西賓陽）。王鞏受貶時，其歌伎柔奴（寓娘）毅然隨行到嶺南。元豐六年（1083）王鞏北歸，柔奴為蘇軾勸酒。蘇軾問及廣南風土，柔奴答以「此心安處，便是吾鄉」。蘇軾聽後，大受感動，作此詞以表達對柔奴的讚賞。詞中刻畫了一位不為外部環境所改變，保持樂觀、豁達心境的歌女形象，既是對柔奴身處逆境而安之若素的可貴品格的頌揚，同時也抒發了詞人在政治打擊中保持自我、笑對人生的曠達襟懷。

嶺南　原是唐代行政區嶺南道之名，指中國南嶺之南的地區，後來分為嶺南東道和嶺南西道，是廣東、廣西分治的開始。五代時期，越南獨立而分離出去。宋淳化四年（993）嶺南道改名為廣南路。在宋代，嶺南尚意味着政治的失意、艱苦的生活，但歷代被流貶至此的官員對提高嶺南當地文化素質與文明水平做出了貢獻。嶺南的建築、雕刻、園林等都有其特色。

賓陽縣　位於廣西壯族自治區中南部，南寧市東北部。賓陽縣有「中國炮龍之鄉」的美譽，每年正月十一日都會舉行盛大而熱鬧的炮龍節。舞龍者頭戴竹帽、赤裸上身、腰繫紅綢帶，把炮龍舞到每家每戶，舞龍結束後把炮龍火化升天，祈求風調雨順、國泰民安等。此外，還有天貺節、中元節、送灶節、盤王節等傳統節日。賓陽縣旅遊資源豐富，有龍岩公園、相思潭、燕山六五寺、和吉鎮獅子岩、邊山村仙女湖、崑崙關戰役遺址、葛翁岩抗日戰爭指揮部舊址、回風塔、蒙大賚「恩榮坊」、南橋、南街、中山公園等景點。

（二）

浣溪沙

王安中

柳州作

宮纈[1]慳裁翡翠輕，文犀[2]松串水晶明。颭[3]風新樣稱娉婷[4]。

帶笑緩搖春筍[5]細，障羞斜映遠山[6]橫。玉肌無汗暗香清。

注釋

❶ 纈：有花紋的紡織品。

❷ 文犀：有紋理的犀角。

❸ 颭：風吹物使其顫動。

❹ 娉婷：形容女子姿態美好。

❺ 春筍：形容美女的手指修長、纖細、柔嫩。南唐李煜《搗練子》（深院靜）：「斜托香腮春筍懶，為誰和淚倚闌干。」

❻ 遠山：形容女子的眉毛細長，舒展而柔婉的樣子。溫庭筠《菩薩蠻》：「眉黛遠山綠。」

背景

王安中，見第一三二頁《點絳唇》（峴首亭空）。

宋哲宗元符三年（1100）進士。徽宗時受重用，歷任翰林學士、尚書右丞、尚書左丞。靖康初，被貶送象州安置。象州與柳州相鄰，王安中在被貶放廣西象州途中路過柳州時，結識了靈泉寺住持淨悟大師覺昕，也使他和柳州結下了更密切的關係，留下了一些關於柳州美景與佳人的詩詞作品。南宋《龍城圖志》記載了王安中對當地教化的影響：「中朝名士王初寮輩嘗避地寓居，耳濡目染，或者恥於為非。」這首詞描繪了柳州女子的明豔嬌媚、婀娜多姿。

旅遊看點

柳州　史稱「龍城」，地形為「三江四合，抱城如壺」，亦稱「壺城」。從建城至今已有 2100 多年的歷史。柳州屬於典型的喀斯特地貌，形成了「拔地奇峯畫卷開」的山水特點。這裏石山奇特秀美，岩洞瑰麗神奇，泉水幽深碧綠，江流彎曲明媚，具有良好的人文歷史景觀和豐富的旅遊資源。王安中就有一首《靈岩》詩描繪了柳州獨特的喀斯特地貌：「鑿破巔崖透碧流，小舟輕泛入深幽。石鱗映水玻璃皺，山勢凌空翡翠浮。雲護淵泉晴欲雨，寒生洞府夏成秋。停橈峭壁題名姓，醉墨淋漓紀此遊。」

駕鶴書院　是廣西最早的書院。王安中在官復左中大夫之前，於紹興二年（1132）春再次來到柳州，與同樣被罷相、流寓柳州的吳敏、汪伯彥以觀書論詩，遨遊山水為趣。柳州人熊氏將位於駕鶴山下熊氏園贈給王安中，「三相」便在此基礎上建起兩所茅亭，即「駕鶴書院」和「三相亭」。如今駕鶴山西南麓石壁上還留有「駕鶴書院」四字。

馬鞍山　古稱仙弈山，位於廣西柳州市柳江南岸的市中心，與魚峯山東西呼應，是柳州市中心區的一座最高山峯之一，海拔 270 米，石山古老秀勁，形如馬鞍而得名。從山腳沿石徑到達山頂，放眼眺望，柳州全城景色盡收眼底。

（三）

虞美人

黃庭堅

宜州見梅作

天涯也有江南信，梅破[1]知春近。夜闌[2]風細得香遲，不道曉來開遍向南枝[3]。

玉台[4]弄粉[5]花應妒，飄到眉心住[6]。平生個裏[7]願杯深，去國[8]十年老盡少年心。

注釋

❶ 梅破：梅花綻放。
❷ 闌：殘，盡，晚。
❸ 向南枝：指南枝，由於向着太陽，故先開放。
❹ 玉台：傳說中天帝的居處，也指朝廷的宮室。
❺ 弄粉：這裏指梅花的開放。
❻ 飄到眉心住：南朝時劉宋武帝女壽陽公主於含章殿下小憩，梅花落於公主額上，形成梅花狀花痕，拂之不去，反增嬌媚，後成為宮女效仿的「梅花妝」。
❼ 個裏：個中、此中。
❽ 去國：指離開朝廷。國，都城。

背景

黃庭堅，見第一〇六頁《水調歌頭》（瑤草一何碧）。

黃庭堅因作《承天院塔記》，朝廷指為「幸災謗國」，被除名，押送宜州（今廣西河池市宜州區一帶）編管。宋徽宗崇寧三年（1104），黃庭堅到達宜州，這首詞作於當年冬天。他初次被貶是宋哲宗紹聖元年（1094），至此恰好十年。詞人從在天涯邊地發現梅花突破花苞，嗅到深夜微風中襲來的梅花幽香，直至看到梅花開滿枝頭的驚喜，層層遞進，令人領略到春的信息。梅花象徵着傲寒挺立、堅貞不屈，卻又有孤寒之感。詞人在貶謫遷徙的逆境中，對於梅花的精神尤有共鳴，既有對現實遭際的感慨，也蘊含着對生命的不屈和希望。詞中的梅花，正是詞人孤標傲世的人格風貌的寫照。全詞由景入手，融情入景，感發深沉。

宜州 位於廣西中部偏北，是著名壯族歌仙劉三姐的故鄉，可謂人傑地靈。歷史上宜州屬政治軍事重鎮，歷代不少顯要名流或因任職、遷謫，或因考察、羈旅而流寓縣內，他們的生命痕跡增加了宜州多彩的文化底蘊，形成桂西北獨有的人文景觀。宜州山清水秀、風光綺麗，有白龍洞遊覽區、古城峒、宋黃庭堅逝世處遺跡、宋楊文廣戰事遺壘、明千戶所古城、明惠帝雲遊宜山遺跡、太平天國王府故址、仙山岩、九龍岩、三門岩、多靈山、鎮遠峯等多處文物古跡和風景勝地。

山谷祠 景區位於宜州的北山南麓。黃庭堅在宜州南樓病逝當年，宜州人民為了紀念他，即在南樓建起一間簡陋的祠堂，這是宜州建祠崇祀山谷之始。只是祠堂很小，沒有祠名，只有張安國所書「豫章先生」四字匾嵌，懸於祠堂門上。宋孝宗淳熙四年（1177），宜州太守韓璧在城外建山谷祠，祠內供山谷先生的木刻肖像一尊，另外建造亭閣一座，名為「清風閣」，閣內藏有山谷先生的書法手跡。幾十年後圮廢，遺址至今無法考據。宋寧宗嘉定八年（1215），四川建昌人張自明以宜州教授代理知州時，與地方人士商議，在城西門外的龍溪旁重建山谷祠。原祠於 20 世紀 70 年代被毀，1985 年宜山縣多方集資，將山谷祠遷入白龍公園，山谷自畫像碑鑴於祠中壁上。祠內陳列 30 多幅字畫，反映了山谷先生羈留宜州期間的生活史實。祠後有山谷先生的衣冠墓。

（四）

水調歌頭

題斗南樓[1]和劉朔齋[2]韻

萬頃黃灣口[3]，千仞白雲頭[4]。一亭收拾[5]，便覺炎海豁清秋。潮候[6]朝昏來去，山色雨晴濃淡，天末送雙眸。絕域遠煙外，高浪舞連艘。

風景別，勝滕閣[7]，壓黃樓[8]。胡牀老子[9]，醉揮珠玉[10]落南州。穩駕大鵬八極[11]，叱起仙羊五石[12]，飛佩[13]過丹丘[14]。一笑人間世，機動早驚鷗[15]。

李昴英

注釋

❶ 斗南樓：原址在廣州府治後城上，始建於宋徽宗建中靖國年間。其特色是在此地觀海山之景，別具情致。

❷ 劉朔齋：名震孫，字長卿，蜀人。曾任禮部侍郎、中書舍人。

❸ 黃灣：即韓愈《南海神廟碑》所謂「扶胥之口，黃木之灣」的黃木灣，位於今天廣州東郊黃埔，是珠江口一個呈漏斗狀的深水港灣。唐宋時期，這一帶已成為廣州的外港，中外商船往來貿易均在此處停泊。

❹ 白雲：指廣州城北的白雲山。

❺ 收拾：指風光盡覽。

❻ 潮候：潮水的起起落落。

❼ 滕閣：南昌的滕王閣。位於江西省南昌市西北部沿江路贛江東岸，始建於唐永徽四年（653），因唐太宗李世民之弟——滕王李元嬰始建而得名，又因初唐詩人王勃詩句「落霞與孤鶩齊飛，秋水共長天一色」而流芳後世。

❽ 黃樓：指徐州黃樓。

❾ 胡牀老子：晉朝庾亮曾於秋夜登武昌南樓，坐胡牀與諸人談詠，興致盎然地說：「老子於此處興復不淺。」胡牀，一種可折疊的椅子。胡牀老子，指庾亮，這裏借指劉朔齋。

❿ 珠玉：誇讚劉朔齋的佳作如咳珠唾玉。

⓫ 八極：指八方之極遠處。

⓬ 叱起仙羊五石：據《太平寰宇記》載：傳說周夷王時有五個仙人，分別騎着口銜六枝穀穗的五隻羊降臨楚庭（廣州古名），把穀穗贈給當地人，祝他們永無饑荒。仙人言罷隱去，五羊化石。廣州因此又名羊城。《神仙傳》載：有皇初平者牧羊，隨道士入金華山石室中學道。其兄尋來，只見白石，不見有羊。初平對石頭喝了一聲：「羊起！」周圍的石頭都變為羊。

⓭ 佩：指仙人的玉佩，傳說繫上它便可在天上飛行。

⑭ 丹丘：指仙境。

⑮ 機動早驚鷗：《列子・黃帝》載：古時海上有好鷗鳥者，每從鷗鳥遊，鷗鳥至者以百數。其父說：「吾聞鷗鳥皆從汝遊，汝取來吾玩之。」次日至海上，鷗鳥舞而不下。「機」即機心，指欲念。意思是人無欲念，則鷗鳥可近。此處為反用其典，即設若欲念一生，鷗鳥則驚飛遠避。

背景

李昴英（1200～1257），字俊明，號文溪。廣東番禺人。南宋名臣。早年受業崔與之門下，主修《春秋》。南宋寶慶二年（1226），上京會試，原已被取定為狀元，惟因其治學的《春秋》觀點未為皇帝欣賞，故爾改取為第三名，為廣東科舉考試的第一位探花。曾任太學博士，直祕閣，知贛州，國史館編修，後又升任為龍圖閣待制，吏部侍郎，封以番禺開國男爵位。為人剛正不阿，曾嚴厲抨擊丞相賈似道等人的胡作非為，當御史范天錫彈劾佞臣而遭解職時，李昴英扶揚正氣，除上奏本聲援范天錫外，更自請辭退以示與奸佞決裂。雖然朝廷其後又擬召他任端明殿大學士、僉樞密院事，但他並未就任。寶祐五年（1257），在廣州病逝。著有《文溪集》《文溪詞》等多卷。

這是一首描寫斗南樓景色的和詞。上闋寫出了於斗南樓上登高望遠的體驗，萬頃黃灣、千仞白雲的景象展示得淋漓盡致，氣勢雄壯，令人心胸開闊。下闋大量用典，精騖八極，心遊萬仞，令人產生想落天外之感。

黃埔　廣州黃埔區古稱「黃木之灣」，因黃埔港得名。「黃埔」的地名由來，一說環繞南海神廟前的珠江河段，古稱為「黃木之灣」，整個河段稱為「黃木河」，而沿河兩岸都稱為「黃木」，由於鄉音原因，「黃木」遂轉變成「黃埔」。另一說法出自黃木河南岸一自然村——黃埔村（歷史上曾屬黃埔管轄，現為海珠區管轄）。傳說有一鳳凰飛來該村地頭洗身，所以叫「凰浦」。後因該村黃姓人較多，且是開村人，故改稱為「黃埔」（取「浦」字諧音「埔」）。

這裏的南海神廟又稱波羅廟，是我國古代著名的海上絲綢之路的發祥地，建於隋開皇十四年（594），是歷代皇帝祭祀海神的廟宇。宋元時羊城八景之一的「扶胥浴日」即指此處，景區內有「南方碑林」及木棉、紅豆等古樹名木。

李忠簡祠　是為紀念南宋探花李昴英而建，李昴英謚號「忠簡」，又稱忠簡公，祠堂名由此而來。李忠簡祠位於沙灣鎮，始建年代約為元末明初，明隆慶四年（1570）重修。寬廣的門頭面闊三間，長約 16 米，縱深兩間 9.20 米，建築佔地面積 216 平方米。前廊有東西包台和石獅子一對。西邊有襯祠，面闊約 4.40 米。頭門的磚雕、石雕等，雕工精細，如今雖然多處存在破損，但依稀能看出李忠簡祠當初的規模。

（五）

行香子

題羅浮[1]

滿洞[2]苔錢[3]，買斷[4]風煙。笑桃花流落晴川。石樓[5]高處，夜夜啼猿。看二更雲，三更月，四更天。

細草如氈。獨枕空拳。與山麋野鹿同眠。殘霞未散，淡霧沈綿。是晉時人，唐時洞，漢時仙。

葛長庚

注釋

❶ 羅浮：羅浮山，為廣東的名山。傳說它是羅山與浮山的合體，其浮山原為海中蓬萊島的一阜，唐堯時隨潮漂來與羅山合二為一。

❷ 洞：指道家進行修煉所在的石室。

❸ 苔錢：指形圓如錢的蒼苔。

❹ 買斷：買盡。

❺ 石樓：據《嘉慶惠州府志．地理志》：羅浮山「上山十里，有大小石樓。二樓相去五里，其狀如樓。有石門，俯視滄海，夜半見日出」。

背景

葛長庚，見第九七頁《水調歌頭》（江上春山遠）。

葛長庚在這首詞中展示了一幅道家生活的畫卷。在羅浮山中的修煉生涯，遠離塵囂，內心空明，曲肱而枕，與麋鹿為伴，遠離塵世，怡然自得，別有洞天，大有飄飄欲仙、瀟灑自在的超越感。在描述道家修煉生活和體驗的同時，羅浮山彩霞未收、雲霧綿延的自然風光，洞中風煙迷濛，蒼苔遍佈，片片桃花隨溶溶川水流出，聲聲猿啼的野趣，也給人留下更深的印象。

旅遊看點

羅浮山　峻拔奇峭，是7000萬年前中生代侏羅紀和白堊紀時燕山運動形成的。大量花崗岩侵入，擠壓地殼使地層褶皺形成穹隆構造山地。主峯飛雲頂是花崗岩山體，屹立於珠江三角洲邊緣，常年雲霧繚繞。明永樂年間（1408～1423），東莞陳璉所撰《羅浮山志》云：「晨起見煙雲在山下，眾山露峯尖如在大海中，雲氣往來，山若移動，天下奇觀也。」

羅浮山道教、佛教、儒學均很發達。晉成帝咸和六年（331）葛洪到羅浮山，先後在山中建了東、西、南、北四庵。東晉升平元年（357）佛教徒單道開進入羅浮山面壁。南朝梁天監元年（502）天竺僧智藥入羅浮山，是為印度僧人進入羅浮之始。梁大同中（535～545），頭陀僧景泰禪師結茅庵於小石樓峯下，廣州刺史蕭譽常與他往來，因而改建茅庵為南樓寺，這是羅浮山興建的第一座佛教寺院。羅浮山中，在南宋時即有官立的豫章書院、靜觀書院。其後有不少私人講學讀書的精舍、書堂，如鄭公書堂、弼唐精舍、甘泉精舍、冼子讀書台等。

（六）

沁園春

文天祥

題潮陽[1]張許[2]二公廟

為子死孝，為臣死忠，死又何妨。自光岳氣分，士無全節；君臣義缺，誰負剛腸。罵賊張巡，愛君許遠[3]，留取聲名萬古香。後來者，無二公之操，百煉之鋼。

人生翕欻[4]云亡。好烈烈轟轟做一場。使當時賣國，甘心降虜，受人唾罵，安得流芳。古廟幽沉，儀容儼雅，枯木寒鴉幾夕陽。郵亭[5]下，有奸雄過此，仔細思量。

注釋

❶ 潮陽：今廣東省汕頭市潮陽區。

❷ 張許：指張巡、許遠。

❸ 罵賊張巡，愛君許遠：張巡每次與叛軍交手大呼罵賊，眥裂血面，嚼齒皆碎，奈獨木難撐，被攻陷城池，當面痛罵叛軍，叛軍用刀抉其口。許遠是位温厚君子，能守死節。

❹ 翕欻（xī chuā）：形容短促。

❺ 郵亭：驛館，遞送文書者投止之處。

背景

文天祥，見第一四頁《滿江紅》（燕子樓中）。

唐玄宗天寶年間，安祿山起兵叛亂，張巡、許遠在睢陽（今河南商丘）死拒叛兵，使江淮得一屏障，支援平叛戰爭。元和十四年（819），韓愈因諫遭貶，赴潮州任刺史。韓愈曾撰寫《張中丞傳後敍》，表彰張巡、許遠功烈事。後來潮州人感念韓愈，建書院、廟祀，並為張、許二人建立祠廟。南宋時，文天祥駐兵潮陽，拜謁張許廟，有感而發，作此詞。德祐二年（1276）正月二十日，文天祥出使元營被扣留，次日謝太后派宰相賈餘慶等赴元營奉降表，文天祥則抗節不屈，以生命實踐了自己對張巡、許遠的操守的肯定。詞中洋溢着奮發之氣，剛健有力，在對祠廟的寫照中蘊含着忠義直行的正氣，收筆則深沉感慨，令人歎惋。

潮陽文物名勝眾多，蓮花峯風景區、大峯風景區、靈山寺、文光塔、曲水流、東岩、西岩、大北岩、古雪岩等名勝遠近聞名。

蓮花峯風景區 位於廣東省汕頭市潮陽區南海邊陲，練江入海口處，主峯蓮花峯是南海岸邊拔地而起的一座小山峯，由一大堆瓣狀縱裂的花崗石組成。1278 年，文天祥舉兵勤王，登峯尋望帝舟，遂命名並刻石為「蓮花峯」。蓮花峯不僅富於海色山光，還有豐富的文化內涵，有明清古建築「忠賢祠」「觀海樓」「崇文亭」，紀念性建築「文公石雕像」等。

東岩 位於廣東省汕頭市潮陽區。「東岩卓錫」為潮陽八景之一。唐貞元六年（790），名僧大顛雲遊四方後，來到這裏立庵修行。傳說當時山上水乏草萎，大顛以錫杖卓之，清冽甘甜的泉水遂從石縫汩汩湧出，自此千年不斷。後人便把此泉稱為「卓錫泉」。從唐大顛和尚率玄應、智高等數十弟子在此立庵以來，東岩佛事香火很盛。現岩上有卓錫古寺、石岩古寺、金頂古寺三座梵宇。卓錫古寺清泉淙淙，松竹交蔭，寺旁有白牛岩石洞，洞壁刻有一油瓶，傳說為大顛用指鑿刻而成。金頂古寺前有很多石刻詩句。

東岩除了古寺古廟眾多之外，另外還保存着廣東省現存較集中、規模較大的摩崖石刻羣 —— 東岩摩崖石刻，被確定為第七批廣東省文物保護單位之一。

第五章

水光山色與人親，說不盡、無窮好

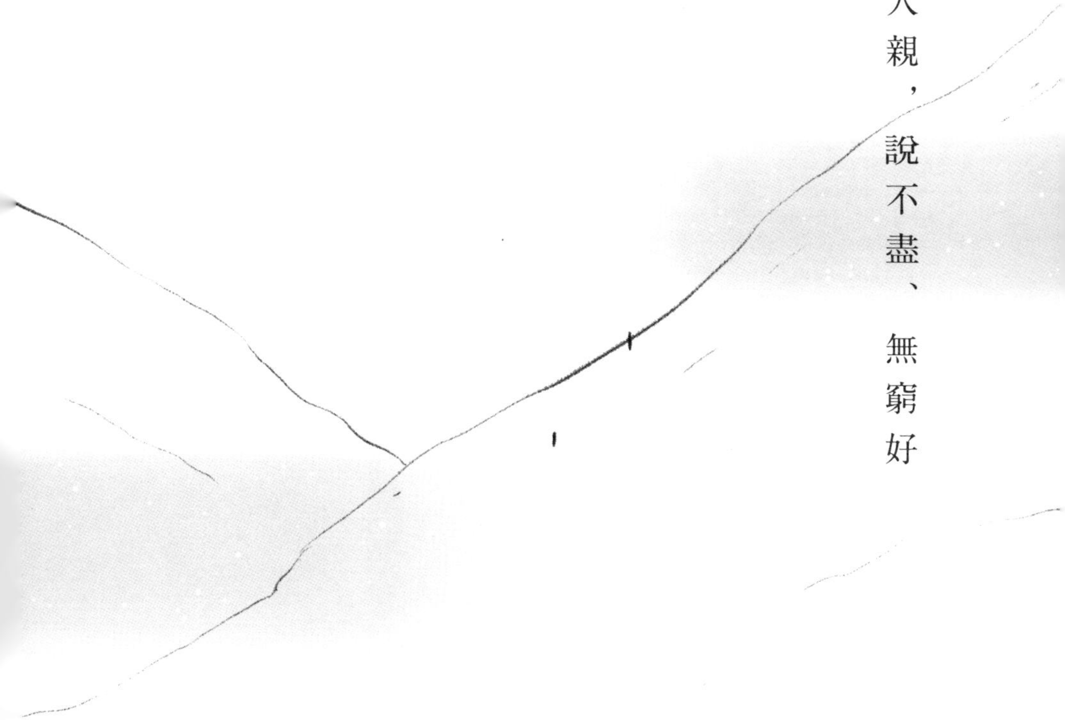

陝西、山西、河南、山東屬黃河旅遊一線。相關宋詞中主要涉及了陝西（西安、寶雞、漢中、延安）、山西（忻州代縣、晉冀豫三省邊界地域的太行山）、河南（開封、洛陽）、山東（濟南、煙台、臨淄、諸城、日照）等地。詞作或表現恢復國家一統的英豪之氣、理想之志；或抒發國破家亡、顛沛流離的悲憤；或悲歌英雄失路、家國難當的淒瑟；或表達託古傷今言盡意長的感慨；或傳達悲歎身世、黯然神傷的情韻；或彈撥恬淡灑脫、超然自適的情調；或展現春暢秋敞的曠達襟懷；或追尋悲歡離合的人生哲理。

（一）

少年遊

柳永

長安古道馬遲遲[1]，高柳亂蟬嘶[2]。夕陽鳥[3]外，
秋風原上[4]，目斷[5]四天垂[6]。
歸雲[7]一去無蹤跡，何處是前期[8]？狎興[9]生疏，
酒徒[10]蕭索[11]，不似少年時[12]。

注釋

❶ 馬遲遲：馬行緩慢的樣子。
❷ 亂蟬嘶：一作「亂蟬棲」。
❸ 島：又作「島」，指河流中的洲島。
❹ 原上：樂遊原上，在長安西南。
❺ 目斷：極目望到盡頭。
❻ 四天垂：天的四周夜幕降臨。
❼ 歸雲：飄逝的雲彩。這裏比喻往昔經歷而現在不可復返的一切。此句一作「歸去一雲無蹤跡」。
❽ 前期：以前的期約。既可指往日的志願心期，又可指舊日的歡樂約期。
❾ 狎（xiā）興：遊樂的興致。狎：親昵而輕佻。
❿ 酒徒：酒友。
⓫ 蕭索：零散，稀少，冷落，寂寞。
⓬ 少年時：又作「去年時」。

背景

柳永，見第一一二頁《輪台子》（霧斂澄江）。

一般人論及柳永詞者，往往多着重於他在長調慢詞方面的拓展，其實他在小令方面也很有成就。這首小詞，與柳永的一些慢詞一樣，所寫的也是秋天的景色，然而在情調與聲音方面，既失去了那一份高遠飛揚的意興，也消逝了那一份迷戀眷念的感情，全詞所彌漫的只是一片低沉蕭瑟的色調和聲音。

長安古道　一般指唐代時期出長安東門的道路，也是古時人們相送好友的分別之地。唐代後常出現在離別詩詞中。「長安古道馬遲遲，高柳亂蟬嘶」無不表現了詞人柳永的離別、淒涼和哀感。

子午古道　也稱「荔枝古道」，是指起始於古代中國涪陵，連接四川陝西湖北的古代陸上商業貿易路線。自長安向南，進子午峪（秦嶺七十二峪之一，位於陝西省西安市境內），在碾子坪處越過秦嶺中線，到西鄉縣南邊的子午鎮，折向西經洋縣城關鎮到達漢中市，再向南穿過巴山，直抵四川綿陽涪城區。當年給楊貴妃進貢的荔枝便是從此道運送而來。「一騎紅塵妃子笑，無人知是荔枝來」，世人又稱之為荔枝道。

根據史籍的記載，荔枝道的基本路線是自涪陵（妃子園）— 墊江 — 梁平 — 大竹 — 達縣 — 宣漢（大成鎮瓦窯壩折入三橋、隘口、馬渡）— 平昌（岩口鄉、馬鞍鄉）— 萬源（鷹背鄉、廟埡鄉名揚、秦河鄉三官場、玉帶鄉、魏家鄉）— 通江（龍鳳場鄉、洪口鎮、澌波鄉）— 入萬源（竹峪鎮、虹橋鄉）— 鎮巴，定遠，越九龍砦（陳家灘）楊家河、司上、羅鎮砦 — 西鄉縣子午鎮，最後進入子午道，到達西安。荔枝古道保留最為完好的，是平昌縣馬鞍鄉到萬源市鷹背鄉的路段。至今還有攔馬牆、飲馬槽、關牆、衙門營盤等遺跡存在。

（二）

蝶戀花

桐葉晨飄蛩[1]夜語。旅思[2]秋光[3]，黯黯[4]長安路[5]。
忽記橫戈盤馬處[6]，散關[7]清渭[8]應如故。
江海[9]輕舟今已具。一卷兵書，歎息無人付[10]。
早信[11]此生終不遇[12]，當年悔草《長楊賦》[13]。

陸游

注釋

❶ 蛩（qióng）：蟋蟀。
❷ 旅思：旅愁。
❸ 秋光：點明時節，秋天。
❹ 黯黯：暗淡。
❺ 長安：借指南宋首都臨安。
❻ 橫戈盤馬：指騎馬作戰。
❼ 散關：大散關。
❽ 清渭：渭河。
❾ 江海：說現在已有了退居的可能。
❿ 付：託付。
⓫ 信：知，料。
⓬ 不遇：不獲知遇以展抱負。
⓭《長楊賦》：漢揚雄所作。常把揚雄看作懷才不遇的人。

背景

陸游，見第七七頁《夜遊宮》（雪曉清笳亂起）。

宋孝宗乾道八年（1172），陸游曾充任抗戰派將領——四川宣撫使王炎的幕賓，親臨南鄭抗金前線。然而不到一年，朝廷投降派撤掉王炎西北統帥職務，陸游也奉調回京安置。這首詞即寫於此時。

詞作觸景生情，追憶往事，今昔對比，迴環往復，曲盡其妙。縱觀全詞，當年在「散關清渭」之地「橫戈盤馬」，率兵強渡渭水與敵對戰，是何等快意之事，這一經歷陸游不止一次地在詩文中提到。但現實是江河日下，詞人情緒又急轉直下成低沉的嗚咽，表現出詞人英雄遲暮、報國無門的悲憤感情。

旅遊看點

大散關 為周朝散國之關隘，故稱散關。中國關中四關（東有函谷關、南有武關、西有大散關、北有蕭關）之一。位於寶雞市南郊秦嶺北麓，因置關於大散嶺而得名（一說因散谷水而得名）。為陝西省重點文物保護單位。

大散關自古為「川陝咽喉」，乃兵家必爭之地。秦漢時期（前206），劉邦「明修棧道，暗度陳倉」就從這裏經過。三國時期，曹操西征張魯亦經由此地。

大散關特殊的地理位置，使其從古到今，成為文人墨客、達官貴人的遊覽之地。據傳「老子西遊遇關令尹喜於散關」，授《道德經》一卷。曹操過大散關留下了《晨上大散關》的詩。唐代王勃、王維、岑參、杜甫、李商隱等，特別是宋代陸游、蘇軾有關大散關的詩最多，影響也最大。

散關道 得名於散關，扼控散關的道路。嘉陵江的上源東支流——故道水源出散關之南，故道水源頭附近，秦代設故道縣。散關道經過故道縣並沿故道水而行，因而亦名故道。散關道亦稱「陳倉道」，因路北端出入山口處為秦漢的陳倉縣（今寶雞市東）。另外，陳倉道與故道在散關銜接為一條路線，於是，又連稱其為「陳倉故道」。

散關道是一條多棧閣的道路，至宋代，尚有棧閣近3000間。隨着科學技術的進步，人們以碥路取代棧閣。碥路以土石為路基，比棧道牢固，承載能力大，它離開河牀較遠，夏秋季節不易被洪水沖毀。

（三）

酹江月

胡世將

秋夕興元使院作[1]，用東坡赤壁韻

神州沉陸[2]，問誰是、一范一韓人物[3]。北望長安[4]應不見，抛卻關西[5]半壁。塞馬晨嘶，胡笳夕引，贏得頭如雪。三秦[6]往事，只數漢家三傑[7]。

試看百二山河[8]，奈君門萬里，六師[9]不發。閫外[10]何人，回首處、鐵騎千羣都滅。拜將台[11]欹[12]，懷賢閣杳[13]，空指衝冠髮。闌干拍遍，獨對中天明月。

注釋

❶ 興元：古稱南鄭、興元、梁州、天漢，南宋時為宋金對壘前線。今為陝西省漢中市。
❷ 沉陸：陸沉，指國土淪喪。
❸ 一范一韓人物：指北宋抗擊西夏、鞏固西北邊防的范仲淹與韓琦。
❹ 長安：借指汴京，代表已被金人佔領的中原大地。
❺ 關西：漢唐時的某一區域的統稱，「關」指的是函谷關（或潼關），關西就是指函谷關以西的地方。
❻ 三秦：陝西的陝南、陝北、關中並稱「三秦」。
❼ 漢家三傑：指輔助劉邦奪取天下的張良、蕭何、韓信。
❽ 百二山河：語出《史記・高祖本紀》，形容關中形勢險要，二人扼守，可敵百人。
❾ 六師：古時天子六軍，指中央軍隊。
❿ 閫（kǔn）外：指統兵在外。
⓫ 拜將台：傳說劉邦在此拜韓信為將。
⓬ 攲（qí）：傾斜。
⓭ 懷賢閣杳（yǎo）：懷賢閣建於斜谷口，紀念三國時北伐至此的諸葛亮，北宋時猶存。杳：無影無聲。

背景

胡世將（1085～1142），字承公。常州晉陵（今江蘇武進）人。北宋末年至南宋初年大臣。紹興八年（1138），以樞密直學士出任四川安撫制置使，兼知成都府。紹興九年七月，統率陝西諸軍擔負起保衞川蜀門戶的職責。這首詞即作於此時。

南宋詞大多出於東南半壁，出於西北川陝前線的很少。胡世將這首詞，比陸游邊塞諸詞要早 30 餘年。詞作為感時而發，斥責和議之非，期待有抱負才能的報國之士實現恢復中原的大業。詞人自己身處戰爭前線卻無力扭轉戰局，心中充滿失望與憂憤，抒寫面對破碎山河的萬千思緒。

旅遊看點

漢中拜將台　中國有三個拜將台：一是陝西漢中拜將台，二是武漢拜將台，三是江西贛州拜將台。這首詞指的是漢中拜將台。

陝西漢中拜將台，也稱拜將壇，位於漢中市城區風景路中段北側，古漢台西之南。

「拜將台」，相傳是漢朝元年（前 206）劉邦受封「漢中王」屯軍漢中，拜韓信為大將時舉行儀式的「壇」（《史記·淮陰侯列傳》記載的「設壇場」的「壇」）。古代封建統治者在舉行重大典禮時，常常「起土為台」，當時叫作「壇」。壇為南北列置的兩座方形高台，四周台垣高聳。「拜將台」歷來被視為漢王朝的發祥地，四百年漢室帝業的根基。

拜將壇南台上豎「拜將壇」碑，碑陰刻《登台對》。西碑陽刻「漢大將韓信拜將壇」8 個字，碑陰刻七絕一首。拜將壇現已被列為陝西省重點文物保護單位。

（四）

台城路

寄姚江[1]太白山人陳文卿[2]

薛濤箋[3]上相思字，重開又還重摺[4]。載酒船空，眠波柳老，一縷離痕難折。虛沙動月。歎千里悲歌，唾壺敲缺[5]。卻說巴山，此時懷抱那時節。

寒香深處話別。病來渾瘦損，懶賦情切。太白閑[6]雲，新豐[7]舊雨[8]，多少英遊消歇[9]。回潮似咽。送一點秋心，故人天末。江影沉沉，露涼鷗夢闊[10]。

張炎

注釋

❶ 姚江：即今浙江餘姚。

❷ 陳文卿：又作陳又新。

❸ 薛濤箋：薛濤，唐代女詩人、樂伎。她創製松花小箋，人稱「薛濤箋」。

❹ 摺（zhé）：疊。

❺ 唾壺敲缺：典出於王敦飲酒歌曹操詩《龜雖壽》敲碎壺口事。

❻ 太白：太白山，即終南山（陝西臨潼），唐時隱士多居於此。

❼ 新豐：在今陝西省臨潼。這裏泛指流落異鄉。

❽ 舊雨：用古詩意，用舊雨喻指老朋友。

❾ 消歇：消失；止歇。

❿ 露涼鷗夢闊：描繪了一幅沙鷗夜宿圖，表達在空曠、寂寥中的充實幽邃的感受。

背景

張炎，見第九二頁《八聲甘州》（記玉關踏雪事清遊）。

這是張炎寫給友人的一首詞。張炎一生中大半在江湖流浪，生活較為潦倒。在其詞作中，贈友詞也很多。這首《台城路》情思濃郁，意境幽深。

旅遊看點

太白山　即終南山，又名太乙山、地肺山、中南山、周南山，簡稱南山，位於秦嶺山脈中段，是中國重要的地理標誌。是「道文化」「佛文化」「孝文化」「壽文化」「鍾馗文化」「財神文化」的發祥聖地，素有「仙都」「洞天之冠」和「天下第一福地」的美稱。

終南山地形險阻、道路崎嶇，大谷有五，小谷過百，連綿數百里。《左傳》稱終南山「九州之險」，《史記》載秦嶺是「天下之阻」。宋人所撰《長安縣志》載：「終南橫亙關中南面，西起秦隴，東至藍田，相距八百里，昔人言山之大者，太行而外，莫如終南。」

終南山作為道教發祥地之一，歷代多有隱士，據統計有五千餘人。知名隱士有道教天神教祖 —— 太上老君（老子李耳），主要風景名勝有上善池、仰天池、柏樹、樓觀台、太乙山、圭峯山、南夢溪等。

太白閑雲嶺公園　地處秦嶺梁頂，是寶雞進入太白的北入口，集生態、觀光、遊憩為一體的綜合性風景區。

公園依據其地形地貌特點，以公路為界將景區分為東、西兩片，其中東片有公路東側景觀帶、日月潭景點和草墊濕地三處景觀。西片有臨路景觀帶、霜林秋聲景點、清風林景點、清風居景點和巨石雕景點五處景觀。

公園內野生動植物種類繁多，生長茂盛的喬、灌、草，形成了豐富多彩的森林景觀。四季特色鮮明，常年雲山霧海，雲霧縹緲，是旅遊觀光、避暑休閑、戶外運動之勝地。

（五）

雨中花慢

趙可

代州南樓[1]

雲朔南陲[2]，全趙幕府，河山襟帶名藩[3]。有朱樓縹緲，千雉[4]迴旋。雲度飛狐絕險，天圍紫塞高寒。弔興亡遺跡，咫尺西陵[5]，煙樹蒼然。

時移事改，極目傷心，不堪獨倚危欄。惟是年年飛雁，霜雪知還。樓上四時長好，人生一世誰閑。故人有酒，一尊高興，不減東山[6]。

注釋

❶ 代州：宋之雁門郡，金曰代州，治所在雁門（今山西代縣）。代州在雲朔的南邊，戰國時屬趙。

❷ 雲朔：雲，雲中郡；朔，朔方郡。皆漢代北方邊郡。

❸ 藩（fān）：封建時代稱屬國屬地或分封的土地，借指邊防重鎮。

❹ 雉：長三丈高一丈為一雉，古時計算城牆面積的單位，這裏引申為城牆。

❺ 西陵：意指西陘山，又曰陘嶺，也即是雁門山。漢高祖伐匈奴，北宋楊業破遼兵，皆由此進兵。

❻ 東山：謝安曾隱居東山。此處言退隱東山也不過是酒後的一種幻想。

背景

趙可（生卒年不詳），字獻之，號玉峯散人。澤州高平（今山西高平）人。趙可原為北宋詞人，金滅宋後入仕金朝。他目睹故國山河淪喪，內心之隱痛必難以言表。

這首詞是詞人身處北宋被金滅後，面對山河破碎的故國，登臨代州故景不禁詞情頓發。故國之思，民族之情藉古跡傾瀉其中，使詞作充滿悲涼滄桑、哀愁怨恨的情調。詞作健筆縱橫，在弔古的題材中堪稱佳作。

代州雁門關 位於山西省忻州市代縣縣城以北的雁門山（句注山）中，是長城上的重要關隘，以「險」著稱，被譽為「中華第一關」，有「天下九塞，雁門為首」之說。與寧武關、偏關合稱為「外三關」。雁門關北通晉北重鎮大同，遠至蒙古高原，南通晉中重鎮太原，戰略地位十分重要。

雁門關文物遺存有試刀石、馬公殺虎處、前腰鋪驛站、後腰鋪驛站、雁靖坊、雁門關分道碑、雁門關長城等。雁門關景點主要有古雁門關（關城、古關道、隘口、常勝堡、猴嶺長城、勾注祠、孫傳庭墓、雲際泉）和明雁門關（甕城、圍城、東城、西城、天險門及雁樓、地利門、鎮邊祠〈李牧祠〉、長平橋、馬公墓、雁門關長城、觀音殿、邊貿街）等。

代州楊忠武祠 也稱楊令公祠，俗稱楊家祠堂，位於代縣城東北的鹿蹄澗村，是楊業後代為祭祀楊業夫婦暨楊氏後代英烈而建造的祠堂。為山西省重點文物保護單位。鹿蹄澗村背依句注山，有澗水自山中流經村旁；面對五台山，有台頂積雪終年可見。西北方不遠可出雁門關，正南方不遠可渡滹沱（hū tuō）河。

自從五代後晉石敬塘把雁門關以北的雲州、應州、寰州、朔州全部割讓給契丹（後為遼）之後，代州就成為漢族防禦外族入侵的邊防重鎮。楊家父子兵從五代北漢時就為抵禦外族侵略而征戰，長期駐守在雁門代州。

楊忠武祠建於元天曆二年（1329），是楊業十六世孫楊懷玉奉旨建造的，至今已有690年歷史。祠堂門面闊三間，上懸「奕世將略」「一堂忠義」「三晉良將」三塊橫匾。後院有正殿五間，中額書「忠勛世美」。廊兩廂還有元以來石碑四通。正殿前簷懸匾一塊，上書「敕建」二字。

代州邊靖樓 也名譙樓，位於代縣縣城十字街心，明洪武七年（1374）建成，樓南面掛着兩塊巨匾。一為清雍正十一年（1733）雁平兵備道湯豫誠所立「聲聞四達」，一為道光年間知州陳鼎雯所立「雁門第一樓」。樓北雍正十年知州楊弘志立「威鎮三關」。登樓北望雁門，南俯滹沱，全縣山川景物一覽無餘。歷代登樓覽勝詠詩抒懷者甚多。

（六）

賀新郎

劉克莊

送陳真州子華

北望神州路，試平章[1]、這場公事[2]，怎生分付[3]？記得太行山百萬，曾入宗爺駕馭[4]。今把作[5]握蛇騎虎[6]。君去京東豪傑喜，想投戈、下拜真吾父[7]。談笑裏，定齊魯。

兩淮[8]蕭瑟惟狐兔[9]。問當年、祖生[10]去後，有人來否？多少新亭揮淚客，誰夢中原塊土[11]？算事業須[12]由人做。應笑書生心膽怯，向車中、閉置如新婦。空目送，塞鴻去。

注釋

❶ 平章：議論，籌劃。

❷ 公事：指對金作戰的國家大事。

❸ 分付：安排，處理。

❹「記得」二句：指靖康之變後在河北、山西等地結集的抗金義軍，其中有不少歸附東京留守宗澤。

❺ 把作：當作。

❻ 握蛇騎虎：比喻危險。

❼ 真吾父：用郭子儀事典。郭子儀曾僅率數十騎入回紇大營，回紇首領下馬而拜，說：「真吾父也。」

❽ 兩淮：指河北東路、西路，當時為金統治區。

❾ 狐兔：指敵人。

❿ 祖生：祖逖。這裏指南宋初年的抗金名將宗澤、岳飛等。

⓫「多少」二句：謂士大夫只會痛哭流涕、沽名釣譽而不去行動。新亭：用新亭對泣事。塊土：猶言國土。

⓬ 事業：指抗金復國大業。

背景

劉克莊，見第二四頁《沁園春》（何處相逢）。

南宋理宗寶慶三年（1227），劉克莊知建陽縣（今屬福建省）事，年 36 歲。其朋陳靴（字子華）由倉部員外郎調知真州，兼淮南東路提點刑獄，路過建陽（今福建省南平市建陽區）。詞人送朋友去長江北岸靠近當時宋金對峙前線的真州（今江蘇省儀徵市）赴任，寫這首詞，敍以抗敵之策致以嘉勉之意。當時朝野一片隳頹之氣，詞人毅然以國家大計為己任，「算事業須由人做」，顯示出其抗金復國的抱負。詞作氣勢磅礴，立意高遠；大處落墨，又曲折跌宕。

太行山 又名五行山、王母山、女媧山，位於山西省與華北平原之間，縱跨北京、河北、山西、河南四省市。是中國東部地區的重要山脈和地理分界線。太行山脈多東西向橫谷，自古就是交通要道，商旅通衢，兵要之地。

太行山旅遊景區主要有通天峽景區、蒼岩山景區、九龍峽景區、天河山景區（牛郎織女故事的原生地）、邢台大峽谷、前南峪生態旅遊區、京娘湖景區、古武當山景區、七步溝景區、長壽村景區、朝陽溝景區、太行八陘（xíng）等。

太行八陘 即山脈中斷的地方。山西的許多條河流如沁河、丹河、漳河、滹沱河、唐河、桑干河等切穿太行山，形成幾條東西向穿越太行山的峽谷。著名的有軍都陘、蒲陰陘、飛狐陘、井陘、滏口陘、白陘、太行陘、軹關陘等，古稱太行八陘。

太行八陘，是古代晉冀豫三省穿越太行山相互往來的八條咽喉通道，是三省邊界的重要軍事關隘所在之地。現在，「太行八陘」早已是天塹變通途。

（七）

江南柳

張先

隋堤遠[1]，波急路塵輕[2]。今古柳橋[3]多送別，
見人分袂[4]亦愁生。何況[5]自關情[6]。
斜照後，新月上西城。城上樓高重倚望[7]，
願身能似月亭亭[8]，千里伴君行。

注釋

❶ 隋堤：汴河之堤。因是隋煬帝時開通的運河，沿河築堤故名隋堤。
❷ 路塵：道路上飛揚的灰塵。
❸ 柳橋：柳蔭下的橋。古代常折柳贈別，泛指送別之處。
❹ 分袂（mèi）：離別；分手。
❺ 何況：連詞，用反問的語氣表示更進一層的意思。
❻ 關情：掩飾感情；動心，牽動情懷。
❼ 倚望：徙倚悵望。
❽ 亭亭：形容聳立高遠。

背景

張先（990～1078），字子野，烏程（今浙江湖州吳興）人。北宋時期著名的詞人，曾任安陸縣的知縣，因此人稱「張安陸」。晚年退居湖杭之間。曾與梅堯臣、歐陽修、蘇軾等遊。善作慢詞，與柳永齊名，造語工巧，曾因三處善用「影」字，世稱張三影。

這是一首送別詞，但詞中並未具體刻畫送別情事，而是通過古今別情來襯托一己別情，以烘雲托月的手法將別情抒寫得極為深摯。通過新月亭亭的意象和伴行的想像，給讀者以闊大的想像空間。語言素樸明快，情調清新自然，在送別之作中別具特色。

旅遊看點

隋堤 —— 河南商丘至永城之間的汴河故道 「汴京」，即河南省開封市，是我國七大古都之一，首批歷史文化名城，有 2700 多年的歷史。曾是戰國的魏，五代時期的後梁、後晉、後漢、後周，北宋和金朝末年的建都之地，號稱七朝古都。其中北宋在此建都 168 年，歷經 9 代皇帝。

隋堤，即汴河之堤。隋大業元年（605），隋煬帝開掘名為通濟渠的大運河，沿河築堤故名隋堤。明末水患河毀堤亡。現從開封通往睢縣、寧陵、商丘到永城去的公路路基就是當時的隋堤。清一統志記載：河南之商丘、夏邑、永城，汴河故道，有隋堤。

當年的汴河隋堤不僅是貫穿全國南北交通運輸的大動脈，也是景色秀麗的遊覽勝地。

隋堤煙柳 汴京八景之一。當年隋堤上面盛植楊柳，春籠隋堤，煙柳迷離，成就一幅「隋堤煙柳」的絕美畫面。

古都開封，名勝古跡眾多，「汴京八景」是古都開封名勝的精華。早在明代《明成化河南總志》一書中對汴京八景就有記載：「艮嶽行雲，夷山夕照，金梁曉月，資聖熏風，百崗冬雪，大河春浪，吹台秋雨，開寶晨鐘。」隨着歷史的變遷，一直流傳至今的汴京八景是指繁台春色、鐵塔行雲、金池夜雨、州橋明月、梁園雪霽、汴水秋聲、隋堤煙柳、相國霜鐘。

（八）

望海潮

梅英[1]疏淡，冰澌[2]溶泄[3]，東風暗換年華。金谷[4]俊遊，銅駝[5]巷陌，新晴細履平沙。長記誤隨車。正絮翻蝶舞，芳思[6]交加。柳下桃蹊[7]，亂分春色到人家。

西園[8]夜飲鳴笳。有華燈礙月，飛蓋妨花。蘭苑[9]未空，行人漸老，重來是事堪嗟[10]！煙暝[11]酒旗斜。但倚樓極目[12]，時見棲鴉。無奈歸心，暗隨流水到天涯。

秦觀

注釋

❶ 梅英：梅花。
❷ 冰澌（sī）：冰塊流融。
❸ 溶泄：溶解流泄。
❹ 金谷：指晉石崇所築的金谷園。
❺ 銅駝：銅駝街。
❻ 芳思：春引起的情思。
❼ 桃蹊：桃樹下的小路。
❽ 西園：金谷園。
❾ 蘭苑：美麗的園林，亦指西園。
❿ 嗟：慨歎。
⓫ 煙暝：煙靄彌漫的黃昏。
⓬ 極目：指滿目；遠望。

背景

秦觀，見第一〇九頁《踏莎行》（霧失樓台）。

這是一首感舊之作。元祐年間，秦觀先後於朝廷供職達五年之久，常參與公卿名流的文酒期會，尤其是元祐七年（1092）的賜宴印象最深，《淮海集》載《西城宴集》詩序云：「詔賜館閣官花酒，以中浣日遊金明池、瓊林苑，又會於國夫人園。會者三十有六人。」此時，紹聖元年（1094）政局大變，秦觀坐黨籍被貶，即將遣離汴京，重遊其地，當年情景再現眼前，不由感慨良多，形諸筆端。

金谷園 別稱梓澤，是西晉石崇的別墅，遺址在今洛陽老城東北七里處的金谷洞內。園隨地勢高低築台鑿池。園內清溪縈迴，水聲潺潺。石崇因山形水勢，築園建館，挖湖開塘，周圍幾十里內，樓榭亭閣，高下錯落，金谷水縈繞穿流其間，鳥鳴幽村，魚躍荷塘。石崇派人去南海羣島用絹綢、銅鐵器等換回珍珠、瑪瑙、琥珀、犀角、象牙等貴重物品，用於園內的屋宇。

金谷園景色一直被人們傳誦。每當陽春三月，風和日暖，桃花灼灼，柳絲裊裊，樓閣亭樹交輝掩映……人們把「金谷春晴」譽為洛陽八大景之一（龍門山色、馬寺鐘聲、金谷春晴、洛浦秋風、天津曉月、銅駝暮雨、平泉朝遊、邙山晚眺）。

銅駝街 在今河南省洛陽市古洛陽城中。當初，漢皇鑄造銅駝一對，精工巧細，堪為極品，因此銅駝佇立之處便被稱為銅駝街，慢慢地成為洛陽城中最繁華的街道。「金馬門前集羣賢，銅駝陌上集少年」，是為太平盛世的絢麗典範。銅駝同時也喻興亡。

《鄴中記》載：「二銅駝如馬形，長一丈，高一丈，足如牛，尾長二尺，脊如馬鞍，在中陽門外，夾道相向。」徐陵《洛陽道》詩：「東門向金馬，南陌按銅駝。」

銅駝暮雨 —— 洛陽八大景之一。銅駝巷陌西傍洛河，桃柳成行，高樓瓦屋，紅綠相間，每當陽春時節，鶯鳴煙柳，燕剪碧浪，其景色之美，別有風致。

（九）

臨江仙

夜登小閣，憶洛中[1]舊遊[2]

憶昔午橋[3]橋上飲，坐中[4]多是豪英[5]。長溝流月[6]去無聲[7]。杏花疏影[8]裏，吹笛到天明。

二十餘年[9]如一夢，此身雖在堪驚[10]。閑登小閣看新晴[11]。古今多少事，漁唱[12]起三更[13]。

陳與義

注釋

❶ 洛中：指洛陽一帶。
❷ 舊遊：昔日的遊覽。
❸ 午橋：在洛陽南面。
❹ 坐中：在一起喝酒的人。
❺ 豪英：出色的人物。
❻ 長溝流月：月光隨着流水悄悄地消逝。
❼ 去無聲：表示月亮西沉。
❽ 疏影：稀疏的影子。
❾ 二十餘年：二十多年來的經歷（包括北宋亡國的大變亂）。
❿ 堪驚：總是心戰膽驚。
⓫ 新晴：新雨初晴。晴，這裏指晴夜。
⓬ 漁唱：打魚人編的歌兒。
⓭ 三更：古代漏計時，自黃昏至拂曉分為五刻，即五更，三更正是午夜。

背景

陳與義（1090～1138），字去非，號簡齋，洛陽（今屬河南）人。以詩著名，原屬江西詩派。亦工詞，其詞意境與詩相近，有清婉奇麗的特點，而豪放處又接近蘇軾。

這首詞是詞人晚年追憶洛中朋友和舊遊而作的。上闋寫對已經淪落敵國之手的家鄉以及早年自在快樂生活的回顧。下闋宕開筆墨回到現實，概括詞人仕途上經歷的顛沛流離和國破家亡的痛苦生活，最後將沉摯的悲感化為曠達的襟懷。

旅遊看點

午橋 即指唐宰相裴度和宋宰相張齊賢的午橋別墅。當年，裴度退隱，於午橋置別墅，種植花木萬株，中起涼台暑館，常與詩人白居易、劉禹錫等暢遊園中，吟詩撫弦。至宋代張齊賢罷相歸洛，得午橋莊，有池榭松竹之勝，不由讚曰：「午橋今得晉公廬，水竹煙花興有餘。」今天洛陽市東南 8 公里伊河邊的午橋村為當時故址。

據《唐書‧裴度傳》記載，裴度在唐朝元和至長慶年間（806～824）當宰相，適逢時艱，以身繫國之安危輕重，為唐朝中興的棟樑之臣。到大和九年（835），他受到打擊，退隱於洛陽，在集賢里置一所宅第。築山穿池，竹木蔥翠，風亭水榭。梯橋架閣，島嶼迴環，極都城之勝概。又於午橋創別墅，種植花木萬株，中起涼台暑館，起名「綠野堂」。又引伊洛之水貫其中，經引脈分，映帶左右。

午橋碧草 —— 洛陽八小景之一 洛陽除八大景之外。還有洛陽八小景：東城桃李、西苑池塘、石林雪霽、龍池金魚、伊沼荷香、瀍壑朱櫻、午橋碧草、關林翠柏。

據《窮菡記》記載，裴晉公午橋莊小兒坡，茂草盈里，晉公每牧羣羊散放坡上，雪白的羊羣和如茵的青草相映成趣。可謂芳草多情，賴此裝點。午橋碧草勝景當源於此。

（一〇）

臨江仙

元好問

自洛陽往孟津道中作

今古北邙山下路[1]，黃塵[2]老盡英雄[3]。人生長恨水長東[4]。幽懷[5]誰共語，遠目送歸鴻[6]。

蓋世功名將底用[7]，從前錯怨天公。浩歌[8]一曲酒千鍾。男兒行處是，未要論窮通[9]。

注釋

❶ 北邙山：在河南洛陽市北。古代王侯公卿多葬於此山。

❷ 黃塵：有三解。一是指黃色的塵土。二是比喻俗世；塵世。三猶黃泉。此處可作多種理解。

❸ 老盡英雄：蘊含着詞人對英雄不遇，空老京華的無限感傷。

❹ 人生長恨水長東：出自南唐後主李煜的名句「人生長恨水長東」。比喻人生憾事之多。

❺ 幽懷：隱藏在內心的情感。

❻ 歸鴻：歸雁。

❼ 底用：有甚麼用？底：何，甚麼。

❽ 浩歌：放聲高歌，大聲歌唱。

❾ 窮通：困厄與顯達。

背景

元好（hào）問（1190～1257），字裕之，號遺山，世稱遺山先生。太原秀容（今山西忻州）人。金末至大蒙古國時期著名文學家、歷史學家。是宋金對峙時期北方文學的主要代表、文壇盟主，又是金元之際在文學上承前啟後的橋樑，被尊為「北方文雄」「一代文宗」。

這首詞作於由洛陽赴孟津的途中。詞人觸景傷感，弔古傷今，來抒發自己的懷抱。元好問善用典故，這首詞是一大代表。用北邙山故事與自己相對襯，在歷史跨度中寫出人生短促的悲劇，更富於厚度；也顯示詞人不凡的藝術功力。

邙山　又名北邙、平逢山、太平山、郟山，位於河南洛陽市北。是秦嶺餘脈，崤山支脈。廣義的邙山起自洛陽市北，沿黃河南岸綿延至鄭州市西的鞏縣（現鞏義市）神堤（地名），邙山頭就在黃河南岸與洛河的交匯處西南側。狹義的邙山僅指洛陽市以北的黃河與其支流洛河的分水嶺。邙山為黃土丘陵地，是洛陽北面的一道天然屏障，也是軍事上的戰略要地，最高峯為翠雲峯，在今洛陽市區正北，上有道教名觀上清宮。

歷代名人紛紛來此遊覽。相傳老子曾在此煉丹，道教遂於山巔興建上清宮以奉祀老子。邙山晚眺為洛陽八大景之一。

邙山陵墓羣　是中國面積較大的全國重點文物保護單位，也是世界上古代陵墓分佈較為集中的地區之一。邙山地勢開闊，土層滲水率低、黏結性能良好，最適於安置墓穴。邙山自東漢以來就是洛陽人的墓地。有東漢、曹魏、西晉、北魏四朝十幾個帝王的陵墓及皇族、大臣的陪葬墓，總數在千座以上。現存有秦相呂不韋、南朝陳後主、南唐李後主、西晉司馬氏、漢光武帝劉秀的原陵、漢獻帝陵，唐朝詩人杜甫、大書法家顏真卿、王鐸等歷代名人之墓。現建有中國第一座古墓博物館 —— 洛陽古墓博物館。

（一一）

憶秦娥

煙漠漠[1]。水天搖盪蓬萊閣。蓬萊閣，朱甍[2]碧瓦，半浸寥廓[3]。

三山謾有長生藥。茫茫雲海風濤惡。風濤惡，仙槎[4]不見，暮紗潮落。

無名氏

注釋

❶ 漠漠：緊密分佈或大面積分佈的樣子。
❷ 甍（méng）：意為房屋、屋脊。
❸ 寥廓：空曠深遠的意思。
❹ 仙槎（chā）：神話中能來往於海上和天河之間的竹木筏。

背景

這首佚名詞作，清雅而不脫俗世，華麗而不失端莊，勾勒出了瑰麗奇異的丹崖仙境，將人間仙境 —— 蓬萊閣描繪得綽約而迷離，神奇而壯觀，恰似一首山海絕唱。

旅遊看點

蓬萊閣 位於煙台市蓬萊市，創建於北宋嘉祐年間，距今已有 900 多年的歷史。後經明代擴建，清代重修，形成廟宇和園林交錯的宏麗建築羣。主要由呂祖殿、蓬萊閣、三清殿、天后宮、龍王宮、彌陀寺等建築組成。主體建築蓬萊閣雄居丹崖之頂，處在眾星拱月的位置上。與滕王閣、岳陽樓、黃鶴樓齊名。蓬萊閣歷為文人雅集之地，今存石刻 200 餘方。煙台蓬萊閣—三仙山—八仙過海旅遊區被列為 5A 級旅遊景區。

蓬萊閣兩側有觀瀾亭、賓日樓、避風亭、卧碑亭、姜公祠等建築。閣西側有避風亭及田黃山。祠東還有賓日樓、普照樓和觀瀾亭，是觀海和看日出的勝地。閣後有仙人橋，傳為八仙過海處。蓬萊閣東側前部為白雲宮。其主體建築是三清殿，正殿內有三尊神像。三清殿東為呂祖殿。彌陀寺在南部山下，是一獨立建築。閣東部蓬萊水城為我國最早的古代軍港之一，負山控海，修有水門、碼頭、炮台等海港和軍事建築，與蓬萊閣一起被列為全國重點文物保護單位。

三山 —— 方壺（方丈）、瀛洲、蓬萊 傳說中的「三山」即海上的「三神山」，是我國古代傳說東海中仙人所居之山。傳說海上原有岱嶼、員嶠、方壺、瀛洲、蓬萊五座仙山，後岱嶼、員嶠二山飄忽不知蹤跡，只剩下方壺（方丈）、瀛洲、蓬萊三座仙山。《山海經》記載，海上有三座仙山 —— 蓬萊、瀛洲、方丈，山上是仙境，有長生不老藥。《史記・封禪書》:「自威、宣、燕昭使人入海求蓬萊、方丈、瀛洲三神山者，其傳在渤海中，去人不遠。患且至則船風引而去。蓋嘗有至者，諸仙人及不死之藥皆在焉。」而蓬萊海域常出現的海市蜃樓奇觀，更激發了人們尋仙求藥的熱情，秦皇、漢武等古代帝王紛紛到蓬萊開始尋仙活動。

現在，煙台三仙山景區坐落在著名的全國漁家樂示範村 —— 抹直口村的海邊。景區由三和大殿、蓬萊仙島、方壺勝境、瀛洲仙境、瀛洲書院、珍寶館、玉佛寺、十一面觀音閣、萬方安和等景觀組成。

（一二）

賀新郎

劉克莊

九日[1]

湛湛[2]長空黑，更那堪、斜風細雨，亂愁如織。老眼平生空四海[3]，賴有高樓百尺[4]。看浩蕩、千崖秋色。白髮書生[5]神州淚，盡淒涼、不向牛山滴[6]。追往事，去無跡。

少年自負凌雲筆[7]。到而今、春華落盡，滿懷蕭瑟。常恨世人新意少，愛說南朝狂客[8]。把破帽[9]年年拈出[10]。若對黃花孤負酒，怕黃花也笑人岑寂[11]。鴻北去，日西匿[12]。

注釋

❶ 九日：指農曆九月九日重陽節。
❷ 湛湛（zhàn）：深遠的樣子。
❸ 空四海：望盡了五湖四海。
❹ 高樓百尺：指登臨之所。
❺ 白髮書生：指詞人自己。
❻ 牛山：在淄博市臨淄區南。
❼ 凌雲筆：謂筆端縱橫，氣勢干雲。
❽ 南朝狂客：指孟嘉。晉孟嘉為桓溫參軍，嘗於重陽節共登龍山，風吹帽落而不覺。
❾ 把破帽：謂孟嘉落帽事。
❿ 拈（niān）出：搬出來。
⓫ 岑（cén）寂：高而靜。
⓬ 匿（nì）：隱藏。

背景

劉克莊，見第二四頁《沁園春》（何處相逢）。

這首詞為詞人於重陽節登上高樓之作。上闋寫重陽節登高望遠所引起的感喟。下闋批評當時的文人只知搬弄典故的浮泛文風，表達出詞人對國事和民生的極端關注。全詞寫景寓情，敘事感懷，以議論為主，借題發揮，感慨蒼涼。主旋律是英雄失路融家國之恨的慷慨悲歌，意象淒瑟，既豪放，又深婉。

臨淄牛山　位於淄博市臨淄城南。自春秋戰國以來即負盛名，清代把「春回牛山雨濛濛」列入臨淄八大景。山上建有中國宰相館、管仲像等。

牛山山麓之上有無數高大的塚墓散佈其間。山的北麓有輔佐桓公稱霸的名相管仲之墓，東麓遠處是姜齊桓公與景公之墓，向西是田齊威王、齊宣王、齊湣王、齊襄王四王之墓（四座大墓塚號稱「東方金字塔」），山的西南有漢代曾向漢武帝表示「願受長纓，必羈南越王而致之闕下」的終軍之墓。戰國時期的孟子登臨此山時，曾發出過「牛山之木嘗美矣」的讚歎。三國時期才高八斗，七步成詩的臨淄侯曹植、晚唐著名詩人杜牧、清代文壇的代表人物博山人趙執信，都曾在登臨此山後留下了讚美詩文。

當地有著名的趕牛山廟會，稱「趕牛山」，即牛山廟會，已被列入省級非物質文化遺產，是齊文化的重要組成部分。牛山廟會依託牛山的自然風光、歷史價值，於明清時期開始形成，有近500年的歷史，從最初單純的朝拜活動演變成集文化、旅遊、商貿於一體的大型民間集會。

臨淄管仲墓　在淄博市臨淄區南牛山北麓。管仲（？～前645），名夷吾，潁上（今水之濱）人。春秋時期大政治家，相齊桓公成霸業。墓東西36米，南北約16米，北坡高9米，南坡高6米。墓前舊有石碑，刻古人詩云：「幸脫當年四檻災，一匡霸業為齊開。可憐三尺牛山土，千古長埋天下才。」現在墓周砌磚牆保護，並立管仲塑像及其生平簡介。

(一三)

望江南

超然台作[1]

春未老，風細柳斜斜。試上超然台上看，半壕[2]春水一城花。煙雨暗千家。

寒食後[3]，酒醒卻咨嗟[4]。休對故人思故國[5]，且將新火[6]試新茶[7]。詩酒趁年華[8]。

蘇軾

注釋

❶ 超然台：在密州城北。
❷ 壕：指護城河。
❸ 寒食：古時於冬至後 105 日，即清明前兩日（亦有於清明前一日），禁火三日，謂之寒食節。寒食與清明相連，是舊俗掃墓之時。遊子在外不能回鄉掃墓，極易牽動思鄉之情。
❹ 咨嗟（zī jiē）：嗟歎聲。
❺ 故國：指故鄉，亦可理解為故都。
❻ 新火：寒食禁火，節後再舉火稱新火。
❼ 新茶：此處應指寒食前採製的火前茶。
❽ 年華：指好時光。

背景

蘇軾，見第三九頁《永遇樂》（明月如霜）。

詞作於宋神宗熙寧九年（1076）暮春。這首詞情由景發，情景交融。詞中渾然一體的斜柳、樓台、春水、城花、煙雨等暮春景象，以及燒新火、試新茶的細節，細膩、生動地表現了遊子的思鄉之情。詞作將寫異鄉之景與抒思鄉之情結合得恰到好處。

旅遊看點

超然台　位於山東省諸城市內，為北宋熙寧八年（1075）蘇軾任密州太守時所建。當時諸城西北牆上有北魏時所建的城牆土台「廢台」，蘇軾「增葺之」而成，「日與其僚，覽其山川而樂之。」其弟蘇轍依據《老子》「雖有榮觀、燕處超然」文意，將之命名曰「超然」，並作《超然台賦》予以讚詠。後引發蘇軾《超然台記》橫空出世，成就千古名篇。古密州有八大勝景：超然四望、瑯琊炊煙、馬耳腰雲、韓王壩月、五蓮晚翠、九仙朝霞、龍潭雷聲、盧洞清風，超然台為八大勝景之首。

超然台自蘇軾之後，歷經朝代變更與兵荒馬亂，歷代賢達人士曾多次維修。台上石刻也歷盡滄桑。據不完全統計，有修台記、賦、跋、詩、像、竹等石刻 50 餘方，不過多有遺失與復刻。

蘇東坡紀念館　超然台台體內的蘇東坡紀念館共分兩層：一樓分三個廳，西廳陳列着 50 餘方超然台刻石，最大的 1.2 米高，最小的僅高 20 多厘米，另外還有超然台刻石原跡 6 塊；中廳為蘇軾密州出獵半景畫式場景；東廳為當代書畫展廳。二樓為主展廳，主要展示蘇軾在密州的歲月和他的生平典故。

（一四）

江城子

蘇軾

前瞻馬耳[1]九仙山[2]。碧連天。晚雲閑。城上高台，真個是超然[3]。莫使匆匆雲雨散，今夜裏，月嬋娟。

小溪鷗鷺靜聯拳[4]。去翩翩。點輕煙。人事淒涼，回首便他年。莫忘使君歌笑處，垂柳下，矮槐前。

注釋

❶ 馬耳：馬耳山。
❷ 九仙山：在諸城市南九十里處。
❸ 超然：即超然台，舊稱北台。
❹「小溪」句：小溪中的鷗鷺安靜地聚在一起。聯拳：羣聚的樣子。

背景

蘇軾，見第三九頁《永遇樂》（明月如霜）。

蘇軾知密州時，相傳曾多次到馬耳山探幽覽勝，以此山乃君子隱居之佳處，並在詩詞多有提及。熙寧九年（1076）十月，在他即將離開密州移知河中府時，寫下這首詞。

這首詞作恬淡灑脫，超然自適，「以詩為詞」的特點十分明顯。這首詞的另一個特點是將口語巧妙地熔鑄到詞的內容和體式當中，達到了渾然天成的境界，寓意深刻，韻味無窮。

馬耳山　位於山東省諸城市皇華鎮與日照市五蓮縣許孟鎮東南（注：現在此山的東側已經被諸城市開發，但是馬耳山的主峯在許孟鎮境內），為魯東南最高的一座山。因主峯二巨石並舉，遠望狀如馬耳，故名。馬耳山屬泰沂山脈，南靠五蓮山、九仙山，北與常山遙相呼應。

世傳馬耳山中隱藏着行雲播雨之龍，故山頂有雲繞乃下雨之兆。至今，當地民間仍有「馬耳山戴帽，大雨即來到」的諺語。

馬耳山五老峯、松朵峯、鴿崖峯等奇峯高峙競秀，山間嵐氣靄靄，泉水淙淙。山坡林木覆蓋，荊榛遍生。山石嶙峋，山勢陡峭，曲徑通幽。有仙人洞、龍王泉、隱龍寺、石龍寺、齊長城和橋上莊等勝跡。

九仙山　位於山東省日照市五蓮縣。為五蓮山風景名勝區的一部分，與五蓮山隔壑相峙，兼具奇、秀、險、怪、幽、曠、奧七大特色，素以「奇如黃山，秀如泰山，險如華山」而著稱。最大的特點是「地中山、地中潭、地中瀑」。

九仙山奇峯異石與洞窟泉瀑之多，與五蓮山並稱雙絕。形成以突兀山峯、蒼翠植被、古老文化為主體的名勝風景區。歷史上許多隱士騷客，常會於此。蘇軾曾有「九仙今已壓京東」的詩句。主要景觀有情侶峯、倉敖嶺、老母閣、風水嶺、孫臏書院、靴石民俗村、九仙道觀、毛家河、龍潭大峽谷、宣王溝峽谷漂流等。

宋詞中的旅遊（上）

主編 李金早
責任編輯 鍾昕恩
裝幀設計 綠色人
排版 賴艷萍
印務 劉漢舉

出版
中華教育
香港北角英皇道 499 號北角工業大廈 1 樓 B
電話：(852) 2137 2338　傳真：(852) 2713 8202
電子郵件：info@chunghwabook.com.hk
網址：http://www.chunghwabook.com.hk

發行
香港聯合書刊物流有限公司
香港新界大埔汀麗路 36 號
中華商務印刷大廈 3 字樓
電話：(852) 2150 2100　傳真：(852) 2407 3062
電子郵件：info@suplogistics.com.hk

印刷
美雅印刷製本有限公司
香港觀塘榮業街 6 號
海濱工業大廈 4 樓 A 室

版次
2019 年 3 月第 1 版第 1 次印刷

規格
16 開（230mm × 150mm）

ISBN
978-988-8572-28-1

本書繁體中文版本由中國旅遊出版社授權
中華書局（香港）有限公司在中國香港、澳門地區獨家出版、發行